당신의 오늘을 응원하는
아침공감

"인생은 어디서 출발했느냐보다 어디서 끝마쳤느냐가 더 중요합니다."

당신의 오늘을 응원하는
아침공감

〈그대 아침〉 제작진 엮음

푸르메

차례

1부 내 삶에 필요한 2%

2부 꿈은 이루어진다

3부 성공 비결 따라잡기

4부 나는 이렇게 성공했다

5부 잘 나가는 직장인 되기

CBS 음악 FM
93.9 MHz

1부
내 삶에 필요한 2%

실패는 이미
지나간 과거다

세상에서 가장 행복한 꼴등

우리나라 지방의 한 교도소에서 있었던 일입니다.

가을이 되자 재소자 체육대회가 열렸습니다. 20년 이상 복역한 모범수들의 가족이 초청된 특별한 행사였습니다. 오랜 기간 갇혀 생활해오던 재소자들에게도 그리고 자식이나 남편, 아버지와 떨어져 살아야 했던 가족들에게도 체육대회는 가슴 설레는 행사가 아닐 수 없었습니다.

교도소 운동장에서는 축구 경기를 시작으로 여러 종목의 경기가 펼쳐졌습니다. 팀을 나눠 모래주머니 들기, 배구, 족구, 줄다리기를 했고 2인 3각 달리기와 합동 줄넘기 대회도 있었습니다. 어찌나 열심인지 체육대회가 열리는 운동장은 함성 소리와 열띤 응원전으로 뜨겁게 달아올랐습니다.

드디어 운동회의 하이라이트이자 마지막 경기인, 어머니를 등에 업고 운동장을 한 바퀴 도는 효도 관광 달리기 대회만 남았습니다. 그리고 이 경기로 팀의 승패가 나눠지게 되어 있었습니다.

푸른 수의를 입은 참가 선수들은 출발선에 쪼그려 앉아 어머니 앞에 등을 내밀었습니다. 그러자 분위기가 숙연해지기 시작했습니다.

마침내 호루라기 소리와 함께 경기가 시작되었습니다. 그런데 이상한 일이 벌어졌습니다. 아들의 눈물을 닦아주느라 당신 눈가의 눈물을 닦지 못하는 어머니, 아들의 여윈 등이 안쓰러워 업히지도 못한 채 엉거주춤 서 있는 어머니. 그나마 달리기를 시작한 선수 역시 조금이라도 더 어머니를 업고 싶어 천천히 걸어가기만 했습니다.

누구도 1등을 하고 싶어하지 않았습니다. 그들은 단지 어머니를 업고 있는 시간을 단 1초라도 더 늦추고 싶었을 뿐이었습니다. 모든 선수가 꼴찌를 하고 싶어했던 이 이상한 달리기 경기는 그렇게 푸르른 가을 하늘 아래서 펼쳐졌습니다.

우체부 아저씨의 꽃길

대구에서 50킬로미터쯤 떨어진 작은 마을에 김정선 우체부 아저씨가 있습니다. 김정선 아저씨는 어린 시절에 앓았던 소아마비 때문에 한쪽 다리를 접니다. 아저씨는 날이 화창하면 "햇살이 참 예쁜, 좋은 날씨네요"라고 인사를 했고, 비가 내리면 "비가 내리니 더 좋은 날씨입니다", 바람이 불면 "바람이 불어 좋은 날씨네요"라고 인사를 해서 '좋은 날씨'라는 별명을 얻었습니다.

편지나 엽서를 전하던 예전에 비해 요즘에는 무거운 택배 물건이나 광고 우편물이 대부분이어서 부쩍 힘에 부치지만 아저씨는 자신의 직업에 대해 늘 만족해했습니다. 비가 오고 바람이 부는 날씨도 결국 좋은 날씨가 되듯, 인생에도 맑은 때가 있으면 궂은 때도 있는 법이고 마찬가지로 자신의 일도 그렇다고 생각했기 때문입니다.

그러던 어느 날, 정년퇴직을 앞둔 김정선 아저씨에게 걱정이
생겼습니다. 자신에게는 더없이 정들었던 길이지만 가로수도 없
는 삭막한 아스팔트 도로며, 시멘트로 발라놓은 재미없는 길을,
후배가 과연 자신만큼 좋아할 수 있을까 하는 생각이 들었던 것
입니다.

아저씨는 앞으로 얼마 남지 않은 기간 동안 어떻게 하면 이 길
을 후배에게 아름답게 전해줄 수 있을까 고심하다가 한 가지 아
이디어를 떠올렸습니다. 바로 우편배달을 다니면서 길가에 꽃씨
를 뿌리는 일이었습니다.

다음해 봄이 되자 놀라운 일이 생겼습니다. 벌어진 시멘트 길
사이로, 돌담 밑으로, 전봇대 옆으로, 소박하고 아름다운 꽃들이
피어나기 시작했던 것입니다. 비록 눈에 띄게 크거나 화려한 꽃
들이 길을 몰라보게 변화시킨 건 아니었지만 길 중간 중간 소박
하게 피어난 꽃들을 발견하는 기쁨은 매우 컸습니다.

이제 김정선 아저씨의 마음에도 또 길가의 꽃 앞에서 한참을
머물다 떠나는 동네 사람들의 마음에도 향기롭고 아름다운 꽃들
이 피어났습니다.

실패를 위로해주세요

　1954년 스위스 월드컵 대회는, 당시 축구 강국이라 불리는 대부분의 나라가 출전해 어느 때보다 세계인의 주목을 끌었습니다. 그리고 한국 축구는 그해 처음으로 월드컵 본선 무대를 밟을 수 있었습니다. 전쟁의 포연이 채 가시기도 전에, 아시아 지역 예선에서 일본을 물리치고 당당히 본선에 진출했던 것입니다.

　당시만 해도 축구 관계자 대부분이 해외여행에 대해 잘 알지 못했던 터라, 수속을 할 때부터 시행착오를 겪었습니다. 비행기 좌석을 제대로 예약하지 않아 1진만 서둘러 떠나야 했고, 오랜 여행 끝에 스위스에 도착했을 때는 이미 개막일이 이틀이나 지난 뒤였습니다. 한 달 전부터 현지에 도착해 컨디션을 조절하던 다른 나라 선수들과 싸워야 했으니 결과는 이미 뻔했습니다.

한국 팀은 여장을 풀자마자 곧바로 그라운드로 달려가 헝가리 팀과 맞섰습니다. 전반전에 4골을 내주더니, 후반전에는 풀리지 않은 여독으로 다리에 쥐가 난 선수들 서너 명이 그라운드에 차례대로 쓰러지기도 했습니다. 결국 한국은 0대 9로 패했고, 5일 뒤 열린 터키와의 2차전에서도 0대 7로 완패했습니다.

큰 실망감을 안고 숙소에 돌아온 한국 선수들은, 방을 들여다보고 깜짝 놀라지 않을 수 없었습니다. 한국 팀이 부진할 수밖에 없었던 전후 사정을 알게 된 유럽 선수들이 초콜릿, 케이크뿐 아니라 자신들이 입으려고 가져왔던 와이셔츠나 양복 등 옷가지들을 위로의 선물로 쌓아놓고 갔던 것입니다.

실패를 따뜻한 마음으로 위로해주었던 1954년 스위스 월드컵 대회의 감동적인 일화는 브라질 선수들에게도 있었습니다. 대표적인 축구 강국 브라질은 헝가리와의 준준결승에서 좋지 못한 경기 매너를 보이며 1대 4로 졌습니다. 또 프랑스 팀에게도 패배를 당해 브라질은 우승컵을 놓쳤습니다. 이들은 축구 팬들의 실망과 조소를 어떻게 견뎌야 할지 막막하기만 했습니다.

마침내 브라질 대표 팀을 태운 항공기가 브라질 공항에 도착했을 때, 그들은 예상 밖의 광경에 감동하지 않을 수 없었습니다. 브라질 대통령을 비롯한 수만 명의 축구팬들 사이로 다음과 같이 적힌 커다란 현수막이 걸려 있었습니다.

"실패했더라도 고개를 들고 가슴을 활짝 편 채 걸어가라. 실패는 이미 지나간 과거다."

인생은 순간이 아니다

1960년 로마 올림픽 대회에서 금메달을 휩쓸었던 미국의 여자 육상 선수 윌마 루돌프. 그녀는 소아마비 장애인이었지만 여자 100미터, 200미터 그리고 400미터 릴레이에서 세 개의 금메달을 목에 건 미국의 영웅이었습니다. 장애를 극복하고 꿈을 이룬 루돌프는 꿈과 희망의 상징이 되었습니다.

그로부터 24년이 흐른 후, 그녀는 LA 올림픽 대회 육상 경기 방송 해설자로 모습을 드러냈습니다. 그러나 과거 육상 영웅이자 인간 승리의 주인공인 그녀의 얼굴은 그리 밝지 못했습니다. 그녀는 한 인터뷰에서 뜻밖의 고백을 했습니다.

"내가 월계관을 썼을 때 모든 것을 다 이루었다고 생각했죠. 황홀했어요. 그러나 지금 내게 남은 건 아무것도 없답니다."

루돌프는 금메달을 딴 직후 결혼을 했습니다. 하지만 그녀의 남편은 그녀가 금메달리스트라는 이유로 결혼했던 것입니다. 아내를 이용해 부자가 되려던 남자는 상황이 여의치 않자 그녀와 곧 헤어져버렸습니다. 그렇게 두 차례 이혼을 거듭하게 된 루돌프는 연봉 4천 달러의 초등학교 체육교사직을 맡고 있었지만 대가족의 생계를 꾸려가기엔 어려움이 컸습니다. 루돌프는 말했습니다.

"결국 금메달도, 인생의 목표로 생각했던 결혼도, 얻은 그 순간일 뿐 영원할 수 없다는 걸 깨달았어요. 인생은 순간이 아니잖아요."

루돌프는 앞으로 학생들에게 자신이 경험했던 '영광에의 집착과 시행착오를 후배들에게 남겨주지 않는 것'이 현재의 꿈이라고 합니다.

자신이 목표하는 꿈을 이루고 성공하는 것은 정말 중요한 일입니다. 하지만 우리가 살아가는 데 그보다 더 중요한 것은 자기에게 주어지는 일상을 소중히 여기며 행복을 만들어가는 시간들입니다.

빛과 온기를 전하는 사람

올해 일흔세 살인 필리핀 태생의 미켈라 산티아고 수녀. 그녀가 한국에 온 것은 6 · 25 전쟁이 끝난 뒤인 1957년이었습니다. 스물세 살의 나이로 한국 땅을 밟았던 그녀는 배고픔과 병마에 고통받던 전쟁 고아들과 환자들을 돌보기 시작했습니다. 미군 부대에서 빵과 우유를 얻어다 굶주렸던 아이들에게 먹였고, 영등포 시립병원에서 환자들을 돌보며 눈코 뜰 새 없이 바쁜 나날을 보냈습니다.

세월이 흘러 이런 문제들도 어느 정도 해결되는가 싶었습니다. 그러나 그녀의 봉사활동은 거기서 그치지 않았습니다. 열악한 환경에서 일하는 노동자들의 아픔이 그녀의 귀에 들렸던 것입니다.

그녀는 당장 경남 마산의 자유수출산업단지로 내려갔습니다.

여공들을 위해 영어와 일본어, 타자 등을 가르쳐주며 중학교 시험을 볼 수 있게 해주었습니다. 당시 여공들은 초등학교 졸업 학력이 대부분이었는데 중학교를 졸업하면 월급이 두 배 가량 늘었기 때문이었습니다.

이렇게 사람들에게 가장 실제적으로 삶이 나아질 수 있는 방법을 찾아주었던 산티아고 수녀는 1970년대 초반에 다시 서울로 올라와 버스 안내양들을 도와주었습니다. 그렇게 산업화의 그늘에서 신음하던 이들을 위로해주었던 그녀는 1990년대 중반부터 지금까지 이주 노동자들을 위해 다양한 봉사활동을 펼쳤습니다.

이젠 한국어가 모국어 같다는 산티아고 수녀는 '국적이나 언어의 벽을 뛰어넘어 사람들이 서로 따뜻하게 어울려 사는 세상'을 꿈꾸며 지금까지 살아왔다고 합니다. 평생 가난한 이웃과 아픈 환자들, 그리고 이주 노동자들을 위해 헌신한 공로로 그녀는 2007년 '일가상(농촌발전과 국민계몽운동에 앞장섰던 고 김용기 선생의 뜻을 기리고자 매년 사회 각 분야에서 뛰어난 업적과 훌륭한 인격으로 존경받는 국내외 일꾼을 선정해주는 상)'을 받았습니다. 수상 소식을 전해들은 산티아고 수녀는 "저는 아무것도 한 일이 없어요."라며 오히려 민망해했습니다.

가장 그늘진 곳을 찾아다니며 봉사활동에 힘썼던 산티아고 수녀. 그녀가 아무것도 한 일이 없다면 어느 누가 세상에 밝은 빛과 온기를 전했다고 할 수 있을까요.

아버지의 거짓말

김만수 씨는 지난 2001년 간경화 진단을 받은 이후 치료를 받아왔습니다. 그러다 2년 전부터는 상태가 나빠져 간 이식 수술을 받지 않으면 생명이 위태롭다는 진단을 받기에 이르렀습니다. 이 소식을 들은 김만수 씨의 아들 김태화 씨는 아버지에게 간 이식을 하기 위해 검사를 받았습니다.

며칠 후 병원에 다녀온 아버지는 그의 아들에게 검사 결과를 말해주었습니다.

"네 간은 너무 작아서 내게 이식하기엔 부적합하다는구나."

대개 생체 간 이식 수술은 체중이 비슷한 사람끼리 시행하기 때문에 아버지보다 체중이 훨씬 적게 나가는 그로선 낙담할 수밖에 없었습니다.

실망한 아들은 그때부터 열심히 체력을 단련하기 시작했습니다. 몸무게를 늘리면 간 크기도 비슷해질 거라고 생각했던 것입니다. 헬스클럽에서 체력단련을 하고 단백질 식단을 짜서 간 이식 수술에 적합한 몸으로 만들기 위해 노력했습니다.

그리고 일년 뒤 아들은 8킬로그램이나 살을 찌웠고, 수술이 가능한지 검사하기 위해 다시 병원을 찾았습니다.

거기서 그는 뜻밖의 이야기를 들었습니다. 이미 일년 전에도 그의 간은 이식 수술을 하기에 적합했다는 것이었습니다. 의사는 안타까워하며 말했습니다. 차라리 일년 전에 간 이식 수술을 했다면 성공 가능성이 80퍼센트 이상이 됐을 텐데, 현재는 아버지의 건강 상태가 더 나빠져 성공 확률이 매우 낮다고 말입니다.

일년 전 아버지는 행여 아들의 건강이 상할까봐 거짓말을 했던 것입니다. 아들은 눈물을 흘리며 간 이식 수술을 해달라고 부탁했습니다. 수술 성공 여부를 장담할 수 없어 의료진도 부담을 느꼈고, 다른 가족들도 부자 모두를 환자로 만들 수 없다며 망설였지만 아들의 고집을 꺾을 수는 없었습니다. 결국 수술은 시작되었고 결과는 다행히 성공적이었습니다. 무사히 수술을 마치고 난 후 아들 김태화 씨는 이렇게 말했습니다.

"아버지가 몇 년이라도 더 사시기를 바라는 마음밖에 없어요. 아버지의 거짓말 덕에 저도 체력을 단련했으니 오히려 제가 더 아버지께 감사드리고 싶은걸요."

97%와 3%의 문화 교류를 위해

미술관 큐레이터 홍성미 씨. 그녀는 '3% 이웃'을 위한 활동을 하고 있답니다. 3% 이웃이란 노숙인들을 비롯해 조부모 어린이, 소년 소녀 가장, 독거노인, 치매 노인들을 포함한 이웃들을 말합니다.

흔히 우리는 '어려운 이웃' 또는 '소외된 이웃'이라 말하지만 홍성미 씨는 그런 표현 자체가 그들에게 상처가 될 수 있다며 3% 이웃이란 표현을 쓰고 있습니다.

홍 씨는 대학 졸업 후 학생들을 가르치다 뒤늦게 미술관에 취직을 하게 됐는데, 그녀는 미술관을 찾을 수 있는 97% 사람들이 아닌, 예술을 즐길 여력이 없는 3%의 사람들에 대해 주목하게 됐습니다. 그들이 찾아오기 힘들다면 직접 찾아가야겠다는 생각이 들었던 겁니다.

그래서 홍 씨가 처음 찾아간 곳은 시골의 한 초등학교 분교였습니다. 어린 시절에 경험한 전시회가 어른이 돼서도 큰 영향을 끼친다고 생각했기 때문입니다.

그리고 홍 씨는 노숙인들도 찾아갔습니다. 하지만 그들은 심각한 무기력에 빠져 있는 상태여서 미술보다 임펙트가 강한 감동이 필요했습니다.

그래서 짧은 시간 전율을 느낄 수 있는 음악이 더 효과적이란 생각이 들었습니다. 그렇게 해서 홍 씨는 미술관에선 이례적으로 한 달에 한 번, 노숙인들을 위한 클래식 콘서트를 열게 됐습니다. 하지만 첫 공연 반응은 좋지 않았습니다. 노숙인들 모두 끌려나온 표정으로 재미없어 했던 겁니다.

하지만 두번째 공연부터는 달랐습니다. 전과자 노숙인들이 모인 청량리 공연에서는 감동의 눈물바다를 이루기도 했고, 특히 시각장애인들로 구성된 클래식 밴드의 공연에선, 관람하는 노숙인들 모두 숙연해지기도 했답니다.

나와 다른 이의 교류, '97%와 3%의 문화 교류' 를 위해, 노숙인들을 위한 클래식 투어 '희망샘 미니콘서트' 또 치매노인, 분교 학생들과 함께 하는 미술활동을 3년째 열고 있는 큐레이터 홍성미 씨는 이렇게 말합니다.

"예술은 교류이고 공감이라고 생각해요. 누군가 예술을 즐길 여력이 없다면 찾아가야죠. 그렇게 해서 누군가 작은 기쁨을 얻을 수 있다면 그것이야말로 제겐 큰 행복입니다."

사라예보의 오케스트라

1992년 내전이 한창이던 사라예보의 어느 빵가게 앞. 그 앞으로는 어느 누구도 지나가려 하지 않았습니다. 얼마 전 빵가게에서 빵을 사려고 줄을 서 있던 스물두 명의 사람들이 갑자기 떨어진 폭탄에 모두 숨졌기 때문입니다.

그러던 어느 날, 첼로를 손에 든 한 남자가 나타났습니다. 베드란 스마일로비치라는 이름을 가진 그 사람은 사라예보 오페라 극장 관현악단의 단원이었습니다. 오랜 기간 사라예보에는 전쟁이 계속되었고 사람들은 하루하루 죽음을 향해 달려가는 기분으로 살아가고 있었습니다. 하지만 베드란 스마일로비치는 희망을 버리지 않았습니다.

그는 폭탄이 떨어졌던 빵가게 앞에서 첼로 연주를 시작했습니다. 사실 그곳은 여전히 포탄의 위협이 사라지지 않는 곳이었습니다. 군인들은 그가 연주하지 못하도록 위협을 물론 구타를 가하기까지 했습니다.

하루 이틀이면 끝나겠지 했던 그의 연주는 희생자 수와 동일한 22일 동안 계속되었습니다. 더구나 그의 연주곡은 알비노니의 〈아다지오 G단조〉였습니다. 이 곡은 2차 세계대전이 끝난 뒤 폐허가 된 독일의 드레스덴에서 타다 남은 악보 쪼가리를 기초로 만든 곡이었기 때문에 사람들에게는 의미가 남다를 수밖에 없었습니다.

그는 전쟁 속에서 살아남은 음악을 연주하며 죽음의 공포로 떨고 있는 사람들에게 희망을 느끼게 해주고 싶었던 것입니다.

얼마 후 거리에는 새로운 풍경이 연출되었습니다. 다른 음악인들이 밖으로 나와 홀로 첼로를 켜던 그의 옆에서 연주를 시작한 것입니다.

공포와 두려움으로 떨던 사람들도 한 사람, 두 사람 손을 잡고 나와 연주회를 감상하며 오랜만에 마음의 평화를 느낄 수 있었습니다. 그들은 아픔과 상처의 눈물이 아닌 감동과 치유의 눈물을 흘렸습니다. 전쟁의 상처로 황량했던 거리는 그렇게 아름다운 음악으로 희망의 푸른빛을 띠며 물들어갔습니다.

제임스 와트의 어린 시절

증기 기관을 발명한 제임스 와트는 어린 시절 몸이 약해 학교를 자주 가지 못했습니다. 그의 부모는 아들을 억지로 학교에 보내는 대신 집에서 쉬게 했고 억지로 공부를 시키지도 않았습니다. 제임스 와트의 부모는 그가 태어나기 전 여러 자녀를 잃었기 때문에 무엇보다도 아들의 행복과 건강을 우선적으로 고려했던 것입니다.

덕분에 제임스의 성적은 늘 바닥권이었습니다. 주위의 친척이나 이웃들은 걱정했습니다. 어떻게든 아이를 학교에 보내기는커녕 집에서 놀리는 부모를 보고 아이의 교육에 너무 소홀한 게 아닌가 생각했던 것입니다. 하지만 제임스의 아버지는 생각이 달랐습니다.

"제 아들은 장난감 하나에도 싫증을 내지 않고 꾸준히 잘 갖고 놀아요. 그리고 장난감 조각을 분해해서 새로운 모양으로 만드는 것도 아주 잘하고요. 문제 하나 잘 푸는 것보다 훨씬 낫지 않습니까?"

이런 부모의 교육 덕분에 제임스는 늘 끈질기게 사물을 관찰하고 새로운 관점으로 생각해보는 습관을 갖고 있었습니다. 하지만 제임스를 바라보는 사람들의 시선은 여전했습니다. 하루는 이웃 아주머니 한 분이 어린 제임스를 보고 이렇게 말했습니다.

"제임스, 난 너처럼 게으른 애는 본 적이 없다. 책 한 권 펼쳐보지 않고 글씨 한 자 쓰질 않는구나. 넌 한 시간 넘도록 쓸데없이 주전자 뚜껑이나 열었다 닫았다 하고 있잖니. 한번은 컵을, 다음엔 숟가락을 들어 주전자 주둥이에서 나오는 증기 속에 넣었다 뺐다 장난이나 치고. 그렇게 시간을 낭비하는 게 부끄럽지도 않니?"

잘 알려졌다시피 어린 시절에 끓어오르는 주전자를 관찰하던 제임스 와트는 훗날 증기 기관차를 발명했습니다.

쓸데없는 시간 낭비나 게으르고 하찮게만 보이는 어떤 부분도, 어쩌면 남들은 가지지 못한 빛나는 재능을 발견하고 큰일을 이루기 위한 소중한 과정일 수 있답니다.

밀레의 첫번째 후원자

　해질녘 농부가 수확을 마치고 경건하게 감사의 기도를 올리는 모습의 〈만종〉과 19세기 농촌생활의 진면목을 보여주던 〈이삭 줍기〉 등을 그린 프랑스의 화가 밀레. 하지만 그가 처음부터 모두에게 인정받았던 것은 아니었습니다.

　밀레는 거실에 걸릴 만큼 화려한 그림을 그렸던 게 아니라 생명력 있고 사회성 짙은 그림을 그렸기 때문에 평론가나 세상 사람들에게 환영받지 못했습니다. 그의 그림을 이해해주었던 사람은 아내와 철학자 루소뿐이었습니다.

　작품이 팔리지 않아 가난에 허덕이던 어느 날, 그의 친구 루소가 찾아왔습니다.

　"여보게 밀레, 내가 기쁜 소식을 가져왔네. 드디어 자네 그림을 이해하고 사겠다는 사람이 나타났네."

밀레는 친구 루소의 말에 기뻐하면서도 한편으로는 의아했습니다. 그때까지 밀레는 작품을 팔아본 적이 거의 없는 무명화가였기 때문이었습니다.

"이것 봐, 나더러 그림을 골라달라고 선금을 맡기더라니까."

루소는 두툼한 지폐 뭉치를 밀레의 손에 쥐어주었습니다. 그리고 루소는 이제 막 끝낸 밀레의 그림 〈접목을 하고 있는 농부〉를 들고 돌아갔습니다. 아내와 아이들이 굶주리고 있던 터라 밀레에게 그 돈은 생명과도 같았습니다. 또 자신의 그림이 인정받을 수 있다는 희망도 갖게 되었습니다.

그리고 몇 년이 흘렀습니다. 밀레의 작품은 화단의 호평을 받아 비싼 값에 팔리기 시작했습니다. 어느 날 밀레는 친구인 루소의 집을 방문했습니다. 그런데 한쪽 벽에 낯익은 그림 한 점이 걸려 있었습니다. 그것은 바로 몇 년 전 루소가 골라간 밀레의 〈접목을 하고 있는 농부〉였습니다.

내 것이 아깝지 않은 사람

1909년 영국의 남극 탐험가 어니스트 쉐클턴 대장은 남극 정복에 나섰습니다. 당시 최고 기록이었던 남극 156킬로미터 지점까지 갔지만 식량이 부족해서 돌아가야 했습니다. 쉐클턴 대장은 최후 할당량으로 남은 식량인 건빵과 말린 비스킷을 대원들에게 똑같이 나눠주었습니다.

몇몇 대원들은 눈을 녹여 만든 차와 마지막 남은 건빵을 먹었고, 나머지 대원들은 마지막 식량이니만큼 아꼈다가 나중에 먹으려고 음식을 싸두었습니다. 끝까지 배고픔을 버티다 먹을 생각이었던 것입니다.

물을 끓이면서 주변 공기가 따뜻해지자 지친 대원들은 피로를 느꼈고, 출발에 앞서 각자 침낭 안으로 들어가 잠을 청하기로 했습니다. 쉐클턴 대장은 탈진과 배고픔이 너무 심해 오히려 잠이 오지 않았습니다. 그런데 얼마 지나지 않아 갑자기 인기척이 들렸습니다. 누군가 침낭에서 일어서는 듯했습니다.

쉐클턴 대장은 슬그머니 눈을 떴습니다. 대장이 가장 신뢰하던 대원 한 명이 일어서더니, 자기 옆에 누워 있던 대원의 가방 앞으로 다가가 머뭇거렸습니다. 그가 가장 신뢰했던 그 대원은 주위 사람들이 모두 잠들었다는 걸 확인하더니 친구가 음식을 넣어두었던 가방을 슬그머니 여는 것이었습니다.

대장은 그 모습을 보고 큰 충격을 받았습니다. '배가 너무 고프면 저럴 수도 있는 거야' 하고 이해해보려는 마음과, '아니야, 지금이라도 못하게 해야 해' 하는 복잡한 심경에 어쩌지도 못하며 대원의 행동을 몰래 지켜보았습니다.

그런데 다음 장면은 그를 더욱 놀라게 했습니다. 주위를 살피며 일어선 그 대원이 친구의 가방을 열어 자기가 배당받은 건빵을 그 안에 몰래 넣어주었기 때문입니다.

주는 자가 받는 자보다 복이 있다

서른세 살에 백만장자가 되었고 마흔세 살에 미국 최대의 부자가, 그리고 쉰세 살에는 세계 최대의 갑부가 된 록펠러. 하지만 그는 늘 무언가에 쫓기는 기분이었고 행복하지 않았습니다. 그런 그는 쉰다섯 살이 됐을 때 병에 걸렸고 일년 이상 살지 못한다는 선고를 받게 되었습니다.

록펠러가 마지막 검진을 받기 위해 휠체어를 타고 병원에 왔을 때였습니다. 마침 로비에 걸려 있던 액자가 그의 눈에 들어왔습니다. "주는 자가 받는 자보다 복이 있다"는 글귀가 적힌 액자였습니다. 그것을 읽는 순간 록펠러의 눈에서는 눈물이 흘러내렸습니다. 그렇게 많은 부를 쌓는 동안 한 번도 남을 돕지 않았던 지나온 삶을 되돌아봤던 것입니다.

잠시 후 시끄러운 소리가 들려왔습니다. 허름한 옷차림의 여자가 병원 관계자들과 다투고 있었습니다. 병원측은 병원비가 없으니 입원이 안 된다고 하고 환자의 어머니는 제발 딸 좀 살려달라고 울며 사정하고 있었습니다.

록펠러는 비서를 시켜 병원비를 지불하게 하고 누가 지불했는지는 아무도 모르게 했습니다. 얼마 후 록펠러가 은밀하게 도왔던 소녀는 기적적으로 회복할 수 있었고 같은 병원에서 조용히 소녀를 지켜보던 록펠러는 매우 기뻤습니다. 후에 그는 자서전에 이 순간을 이렇게 표현했습니다.

"저는 살면서 이렇게 행복한 삶이 있는지 미처 몰랐습니다."

록펠러는 가난한 이들을 도우며 나눔의 삶을 살겠다고 다짐했습니다. 그와 동시에 신기하게도 그의 병이 사라졌고 그는 98세까지 살면서 재단을 통해 선한 일을 하는 데 힘썼습니다. 그는 자신의 삶을 이렇게 회고했습니다.

"갑부로 살던 인생 전반기 55년 동안 난 늘 쫓기며 살았지만 나누며 살던 후반기 43년은 정말 행복하게 살았습니다."

〈소원 이뤄주기 재단〉

일곱 살 소년 그레시어스에게는 경찰관이 되겠다는 꿈이 있었습니다. 하지만 소년은 백혈병을 앓고 있어 날마다 병원에 누워 지내야만 했습니다. 병세는 계속 악화되었고 앞으로 얼마 살지 못할 거라는 선고를 받았습니다. 경찰관이 되고 싶다는 소년의 꿈은 불가능해지는 듯했습니다.

딱한 소식을 전해들은 주변 사람들은 그레시어스의 소원을 이뤄주자는 계획을 세웠습니다. 애리조나 주 경찰에 협조를 요청했고 마침내 아이의 '소원 이뤄주기 프로젝트'가 실행되었습니다.

소년이 그토록 타고 싶었던 경찰 헬리콥터를 탈 수 있게 해주었고, 경찰청에서는 세 대의 순찰차와 오토바이를 정렬해 헬리콥터에서 내리는 소년을 마중 나오기도 했습니다. 게다가 소년이 꿈에도 그리던 명예 경찰로 임명해주었습니다. 그레시어스는 경찰 선서를 한 뒤 경찰 서장과 풍선껌을 나눠 먹기도 했습니다. 소년의 얼굴은 병으로 핼쑥했지만 어느 때보다 기쁨과 행복으로 빛이 났습니다.

사흘 뒤, 그레시어스는 안타깝게 숨을 거두었습니다. 하지만 이후 소년의 가족과 친지들은 "메이크 어 위시Make-a-wish", 즉 〈소원 이뤄주기 재단〉을 만들었습니다. 생의 마지막이 얼마 남지 않은 아이들, 병을 앓고 있는 아이들의 소원을 이뤄주기 위해 만들어진 이 재단은 현재 27개 국에 지역 본부가 설치되었고 전세계 16만 5000여 명의 소원을 들어줬다고 합니다.

우리나라도 2002년에 지역 본부가 설립되었고 피아노를 갖는 게 소원이었던 아홉 살 대선이의 소원을 들어주었습니다. 대선이는 희귀병을 앓고 있어 자주 온몸에 경련이 일어나고 마비 증세를 보였습니다. 병원비를 부담하느라 피아노를 사줄 수가 없었던 대선이의 부모님을 대신해 〈소원 이뤄주기 재단〉 한국 지부에서 피아노를 선물해준 것입니다.

누군가에게는 대수롭지 않을 수 있는 선물이 어떤 이들에게는 기적을 체험하게도 합니다.

나눔의 요술 쌀 단지

지금으로부터 3년 전 대구에는 요술 쌀 단지가 있었습니다. 마음껏 퍼내도 바닥을 드러내지 않는 이상한 쌀 단지였습니다.

10년째 쌀장사를 하던 주인은 어느 날 신문 기사를 통해 어린이가 굶어죽었다는 사실을 알고 충격을 받았습니다. 마침 그 쌀가게는 영세민 임대 아파트 상가에 자리잡고 있었는데, 그곳엔 기초생활수급자는 물론 장애인, 독거노인, 소년소녀 가장 등 형편이 딱한 사람들이 주로 살고 있었습니다.

쌀가게 주인은 혹시 자신이 사는 동네에서도 그렇게 굶는 사람이 있을지도 모른다는 생각이 들었습니다. 그래서 쌀을 가득 담은 단지를 가게 옆에 내다놓았습니다. 그리고 단지에 이렇게 써놓았습니다.

"다들 어려우시죠. 뜨거운 밥 지어 드시고 힘내세요. 절대 미안해하거나 부끄러워하지 마세요."

혹시라도 다른 사람들의 이목 때문에 쌀을 가져가고 싶어도 선뜻 나서지 못할 수도 있겠다 싶어, 그는 일부러 쌀 단지를 가게 모퉁이에 내놓는 배려도 잊지 않았습니다. 쌀 단지를 내놓은 후 쌀의 양은 한 사발, 두 사발 비어갔습니다. 그렇게 누군가 쌀을 퍼가면 쌀가게 주인은 행여 가져가는 사람의 마음이 무겁지 않도록 얼른 쌀 단지를 채워놓았습니다.

하지만 얼마 지나지 않아 주인은 더이상 쌀을 채워 넣지 않아도 되었습니다. 쌀을 사러 온 손님들이 구입한 쌀의 일부를 단지에 붓고 갔기 때문이었습니다.

이 아름다운 이야기는 입소문을 탔고 대구에 있는 다른 곳에서도 이런 요술 쌀 단지가 생겨나기 시작했습니다. 어려운 사람들이 많이 모여 사는 지역에 쌀을 기증하는 사람들도 생겨났습니다.

이렇듯 아름다운 선행의 불씨를 제공했던 이 쌀가게 주인은 한사코 자신을 드러내길 꺼렸습니다. 쌀장수가 쌀 좀 퍼준 게 무슨 대수로운 일이냐며 끝내 이름조차 밝히지 않았던 것입니다.

하지만 그가 시작한 이 일은 더 많은 사람들이 이웃의 아픔과 어려움을 돌아보게 하는 계기가 되었습니다. 문방구 주인은 학용품으로, 사진관 주인은 영정사진을 찍어드리는 것으로, 공무원들은 봉사활동으로 자기 자리에서 큰 도움을 주는 방법을 깨닫게 된 것입니다.

젊음을 유지하는 비결

린드버그는 비행기로 대서양을 횡단한 세계 최초의 조종사입니다. 그는 말년이 되자 젊은 시절의 자신이 새삼 그리워졌습니다. 나이 탓인지 뭘 하든 자신감도 없고 매사가 부정적으로 느껴졌기 때문입니다.

젊은 시절의 자신은 그렇지 않았던 것 같은데, 지금은 왜 이렇게 나약해졌을까 궁금해진 린드버그는 젊은 시절 대서양을 건넜던 자신의 비행기가 보고 싶어졌습니다. 그는 비행기를 기증한 박물관에 연락을 했고 관장은 비행기를 타고 싶다는 그의 청을 흔쾌히 받아들였습니다.

얼마 후 박물관을 찾은 린드버그는 관람객들이 잘 볼 수 있도록 공중에 설치되어 있는 비행기 조정석에 올라앉았습니다. 그리웠던 조종석에 앉아 있으니 이륙을 앞두었던 젊은 시절로 돌아간 듯했습니다. 광활한 바다를 아래로 하고 끝도 보이지 않는 대기를 가르며 하늘을 날았던 패기와 열정이 다시 끓어오르는 듯했습니다.

옛 생각에 빠져있던 그는 조종석을 보고 깜짝 놀랐습니다. 그 비행기에는 계기판도 고도계도 없었던 것입니다.

"제가 어떻게 대서양을 횡단했는지 모르겠습니다."

비행기에서 내려온 린드버그는 박물관 관장에게 말했습니다.

"비행기를 조종한 장본인이 그런 말씀을 하시다니 이상하네요."

관장이 웃으며 말했습니다.

"그래요. 저도 이상합니다. 저 비행긴 계기판도 고도계도 없거든요. 저런 쇳덩어리에 불과한 걸 몰고 하늘을 날 생각을 했다는 것 자체가 놀라울 뿐이네요."

그렇게 말하고 난 뒤 린드버그는 깨달았습니다. 자신이 부쩍 늙어가고 있다고 생각했던 원인에 대해서 말입니다. 늙어가고 있다는 생각이 들었던 이유는 실제로 나이가 들었다는 사실도, 육체적인 쇠약함 때문도 아니었습니다. 불가능해 보이는 것은 시도조차 하지 않게 된 바로 그 순간부터 젊음을 잃었다는 걸 린드버그는 깨달았습니다.

불가능은 없다고 생각하는 도전 정신 앞에서는 치밀한 계산이나 높은 확률, 빈틈없는 논리나 과학적 증명도 무력해질 수 있습니다. 그리고 그것이 바로 젊음 그 자체이자, 젊음을 유지하는 비결입니다.

바라는 대로 이루어진다

전남 담양에서 농사를 짓는 김인찬 씨는 일곱 살 때 형과 놀다 눈을 다친 후 한쪽 눈의 시력을 잃었습니다. 열네 살 때부턴 나머지 한쪽 눈마저 차츰 안 보이기 시작하더니 결국 두 눈 모두 시력을 잃고 말았습니다.

급기야 다니던 중학교도 그만둬야 했습니다. 찾아가는 병원마다 치료가 불가능하다고 했고, 그 후로 10년 동안 그는 방안에 틀어박힌 채 실의에 빠져 지냈습니다.

스물다섯 살이 되던 해 아버지는 그에게 송아지 한 마리를 사주었습니다. 소일거리로 소를 한번 키워보라는 것이었습니다. 김인찬 씨는 소의 뿔에 받히고 뒷발에 차여가며 더듬더듬 송아지를 돌보았고, 어느새 자란 그 녀석은 새끼까지 낳았습니다.

그러자 김인찬 씨에게 두 가지 소망이 싹텄습니다. 결혼을 하는 것 그리고 눈을 뜨는 것이었습니다.

그의 나이 서른일곱에 첫번째 소망을 이뤘습니다. 다니던 교회의 지인이 중국 교회를 통해 중매를 선 것이었습니다. 교포 장귀화 씨는 가족의 반대를 무릅쓰고 그와 결혼했습니다. 우선 이름이 착해 보였고, 실제로 성격도 착해서 그와 결혼할 마음을 먹었다고 합니다. 지금은 아이도 셋이나 생겼습니다.

얼마 후 김인찬 씨는 각막 이식 수술을 받고 오른쪽 눈의 시력을 되찾았습니다. 일생 동안 갈망했던 빛이 새어든 순간, 처음 본 것은 사랑하는 아내와 그의 세 아이들의 얼굴이었습니다.

이제 그가 시력을 되찾은 지 2년여의 시간이 흘렀습니다. 바람에 흔들리는 대나무도, 날아가는 새도, 세차게 몰아치는 눈보라도, 밤하늘에 반짝이는 달과 별도 마냥 아름답고 신기하고 보기 좋다는 농부 김인찬 씨는 이렇게 말했습니다.

"저는 희망을 믿어요. 제가 두 가지 소망을 이야기했을 때 다들 불가능하다고 했지만, 둘 다 거짓말처럼 이뤄졌어요. 그래서 지금은 알아요. 간절히 바라면 이뤄진다는 걸요."

땅에 발을 딛는 기쁨

올해 마흔여덟 살의 에디 키드는 유명한 스턴트 연기자였습니다. 전성기 때 그는 열세 대의 2층버스, 폭 50미터의 계곡, 중국의 만리장성을 오토바이로 나는 기록을 세웠고 영화 〈007 시리즈〉에서 제임스 본드의 대역을 맡기도 했습니다.

그러나 지난 1996년 오토바이 경주대회에서 스포츠카와 부딪히는 사고를 당한 후 그는 반신불수가 되고 말았습니다. 하지만 그에겐 그를 지극히 돌봐주는 사랑스런 딸 캔디가 있었습니다.

결혼을 앞둔 딸 캔디는 어느 날 아버지에게 특별한 결혼 선물을 부탁했습니다.

"아빠! 결혼식장에서 반드시 저와 팔짱을 끼고 입장해주세요. 아빠가 휠체어에서 일어나 저를 신랑에게 인도하지 않으면 영원히 결혼하지 않을 거예요."

재활 훈련을 열심히 받으라는 딸의 속뜻을 짐작하면서도 아버지 키드는 그 부탁을 들어줄 수 없었습니다. 벌써 11년간 휠체어 신세를 지고 있었기 때문입니다.

처음에 키드는 딸의 부탁을 들어주는 시늉이나 하자며 재활 훈련을 시작했습니다. 하지만 딸이 결혼식 날짜까지 이듬해로 미뤄가며 아버지를 응원하는 모습을 보고, 딸의 지극한 사랑을 깨닫게 되었습니다.

아버지 키드는 전력을 다해 재활 훈련을 시작했습니다. 그의 회복력은 모든 의료진을 깜짝 놀라게 했습니다. 의학적, 정신적으로 불가능해 보이는 모든 난관을 극복하며 키드는 기적적으로 재활에 성공했습니다.

현재 그는 딸을 신랑에게 이끌기 위한 걷기 연습을 시작했고, 최근엔 특수 장치를 부착한 오토바이까지 몰게 되었습니다. 그는 이렇게 말했습니다.

"자살까지 생각했던 내 생애 중 가장 어두운 시기를 딸의 사랑으로 극복했고, 지금 이렇게 땅에 발을 딛는 기쁨을 누리게 됐습니다."

사랑은 용기를 줍니다. 그리고 사랑은 불가능한 것을 가능케 하는 불가사의한 기적의 원천이기도 합니다.

두 팔로 달린 42.195킬로미터

1986년 뉴욕에서 마라톤 대회가 열렸습니다. 대회 조직위원회는 그날 저녁 대회 종료를 알리는 폐회를 선포했습니다. 그런데 나흘 뒤 아직도 달리는 사람이 있다는 제보가 들어왔고, 당황한 조직위원회는 곧바로 확인해보았습니다.

그는 보브 윌랜드라는 마흔한 살의 남자였는데 그에게는 두 다리가 없어 대신 손바닥에 가죽 보호대를 하고 두 팔로 몸을 지탱한 채 달렸던 것입니다.

윌랜드가 두 다리를 잃은 것은 스물세 살 때였습니다. 베트남전에 위생병으로 참전했던 그는 지뢰를 밟고 두 다리를 모두 잃었습니다. 제대 후 실의에 빠졌던 그는 우연히 마라토너 테리폭스를 만났습니다. 테리폭스는 암세포 때문에 한쪽 다리를 절단했지만 캐나다 전역을 달렸던 마라토너였습니다.

그를 통해 희망을 갖게 된 윌랜드는 단 1미터도 내딛기 힘든 몸으로 마라톤을 시작했습니다.

'신은 나의 다리는 가져갔지만 팔은 남겨두었다. 팔로도 달릴 수 있다는 것을 보여주겠다' 는 것이 그의 다짐이었습니다.

1982년부터 1986년까지 그는 섭씨 60도를 넘나드는 뉴멕시코 사막을 가로질렀습니다. 당시 멀리서 그를 본 사람들은 개가 티셔츠를 입고 하이웨이를 기어가고 있다, 우주 인간 ET가 사막에 나타났다며 방송국에 제보를 하기도 했습니다.

그렇게 그는 고통을 참으며 마침내 펄펄 끓는 사막을 건넜습니다. 사막 횡단으로 자신감을 얻자 뉴욕 마라톤 대회에 출전했던 것이었습니다.

두 팔로 달린 그의 기록은 '4일 12시간 17분 18초' 였습니다. 골인 지점에 도착한 그는 이렇게 말했습니다.

"인생은 어디서 출발했느냐가 중요하지 않아요. 인생은 어디서 끝마쳤느냐가 더 중요하죠."

가족이 있다는 것만으로도

부부의 날을 기념하는 유공자 시상식에서 장관 표창을 받은 부부가 있습니다. 시련 속에서도 오뚝이 같은 부부 사랑을 발휘한 51세 동갑내기 부부 신봉재, 한정숙 씨가 그 주인공입니다.

이들에게 시련이 닥친 것은 첫째 딸이 중학교 2학년 되던 1996년이었습니다. 운영하던 작은 공장에 화재가 발생해서 딸이 큰 화상을 입었습니다. 딸의 피부이식 수술비로 지출되는 비용 때문에 허리띠를 졸라매야 했던 이들 가족은 설상가상 IMF로 공장마저 부도를 맞게 됐습니다. 전재산은 경매로 넘어갔고 가족은 흩어져 살아야 했습니다.

부부에게 늦둥이 아들 영광 군이 태어나고 다시 가족들이 모여 살게 되면서 안정을 찾아가는 듯했습니다. 그러나 결혼 20년 만에 얻은 아들이 출생 20주일 만에 뇌병변 1급 장애 판정을 받았습니다. 아버지 신 씨는 일용직과 노점상을 마다 않고 돈을 벌었고, 부인 한 씨는 큰딸과 막내아들의 치료에 전념했습니다.

그러던 2005년 또다시 시련이 닥쳤습니다. 늘 밝고 씩씩하던 아내 한 씨가 유방암 판정을 받은 것입니다. 더구나 수술 직후 뇌출혈로 뇌병변 3급 장애를 받기까지 했습니다. 말하는 것도 몸을 움직이는 것도 불편한 아내 한 씨와 경제적 어려움을 책임져야 했던 남편 신 씨. 그러나 그들은 여전히 희망을 말합니다.

"끝나지 않을 것 같았던 시련이 오히려 우리 부부와 가족을 단단히 만들었다고 생각해요. 그 덕분에 다른 사람도 돌보게 되었구요."

아내 한 씨는 장애 자녀 양육 경험이 부족한 저소득층 가족을 위해 도우미로 일하고 있고, 남편 신 씨 역시 장애 가족을 위한 '아빠사랑모임'을 결성했습니다.

어려운 아이들을 위해 좋은 일을 많이 하고 하늘나라 가는 게 꿈이라고 말하는 이들 부부. 그들의 삶은 시련과 어려움의 연속이었지만 그 가운데 서로 손 내밀 수 있는 가족이 있다는 것만으로도 그들은 희망의 끈을 절대 놓을 수 없다고 말합니다.

어느 여선생님의 꿈

서울의 한 초등학교에 인기 만점, 매력 만점의 여선생님이 있습니다. 서른네 살의 얼굴도 고운 선생님은 아직 미혼이지만, 반 아이들을 부를 때는 아들이나 딸로 부릅니다. 토요일이면 함께 간식을 만들어 먹기도 합니다.

학년이 바뀌는 학기 초에는 떼를 쓰는 제자들도 있습니다. 선생님과 다른 반이 된 한 제자는 전학을 가겠다고 했습니다. 왜냐고요? 전학을 간 다음 다시 이 학교로 전학을 와서 선생님의 반으로 들어가겠다는 것입니다.

이렇게 인기 많은 미혼의 여선생님에게는 학교에서 부르는 아들딸말고, 진짜 아들딸이 있습니다. 지난 2004년부터 한 아동보호시설에서 만난 정신지체 장애아 두 명을 자신의 아버지 밑으로 입양시켜 돌보기 때문입니다.

미혼인 여선생님이 장애아를 둘이나 입양해서 키운다니, 대체 어떤 계기가 있었던 것일까요?

이유를 묻는 한 기자의 질문에 선생님은 "어릴 때부터 장애를 앓는 친척 동생을 보면서 장애아에 대한 관심과 사랑을 가슴에 담아왔어요. 그후 장애인 복지시설에서 봉사활동을 하다 두 아이를 만났는데, 제가 곁에서 돌보면 더 나을 것 같았죠. 부모님도 동의해주셨고요"라고 대답했습니다.

그러면서도 선생님은 2000년부터 매주 장애인 복지시설을 찾아 자원봉사 하는 일을 멈추지 않았습니다. 몸이 불편한 아이들을 엄마처럼 씻기고, 먹이고, 달래고, 놀아주는 것, 고된 일이지만 선생님에게는 행복한 일상이 되었습니다.

하지만 선생님은 자신의 이름은 물론이고 얼굴도 학교도 알리길 꺼렸습니다. 자신보다 더 열심히 봉사활동을 하는 사람이 많은데 굳이 알리고 싶지 않다는 것이었습니다. 더구나 이 일이 아이들에게 상처가 되지 않을까 하는 염려 때문이기도 합니다.

선생님에게 결혼 성화도 있을 법하지만, 선생님은 결혼보다 중요한 다른 계획들이 너무 많다고 말합니다. 앞으로 또 장애아동을 입양할 생각이라는 선생님의 꿈은 "장애를 가진 아이들을 돌볼 수 있는 복지기관을 설립하는 것"이라고 합니다.

딱 한 팔만 벌려 안아주세요

　용인 남사초등학교의 한성수 교감 선생님의 패션 스타일은 남다릅니다. 갈색 양복에 체크무늬 바지, 딱 봐도 서로 다른 짝이지만 선생님의 온화한 웃음 때문인지 그것도 어쩐지 잘 어울려 보입니다. 알고 보니, 4년 전 생전 처음 산 양복인데 바지는 해져서 버리고 남은 웃옷에 시장에서 만원 주고 산 바지를 입고 아들에게 빌린 넥타이를 맨 것이었습니다. 슬리퍼는 얼마 전에 주워 신은 것이라고 합니다.

　선생님이 자린고비냐고요? 오히려 그 반대입니다. 한성수 교감 선생님은 이 세상 누구보다 사치가 심한 분일 겁니다. 단, 사랑에 있어서 말입니다.

　선생님은 11년째 어려운 학생들과 가정을 돌보고 있습니다.

1997년 학교의 급식 한 끼로 하루 끼니를 해결하던 결식아동을 돌보면서 선생님의 나눔의 역사가 시작되었습니다. 하지만 아이들만 돌본다고 해결되는 문제가 아니라는 것을 알게 된 선생님은 가정이 안정되고 평화로워야 된다는 생각에 아이들의 가정까지 돌보았습니다. 쌀을 비롯해 갖가지 생활필수품을 나눠주는 것은 물론, 집안에 아픈 사람이 있으면 직접 병원에 데려가 진료비도 대주었습니다. 또 그들의 하소연에도 귀를 기울였습니다.

하지만 선생님의 월급으로는 어림없는 일들이어서, 그동안 공장에서 물건을 떼다 팔기도 했고 아내와 젓갈을 담가 시장에 내다 팔기도 했습니다. 그렇게 모은 돈으로 어려운 아이들과 가정을 도왔고 그러면서 알게 된 어려운 이웃들까지 돌보아온 것입니다.

급하면 병원에 좀 데려다 달라, 약 좀 먹여 달라, 크고 작은 부탁도 흔쾌히 들어주는 한성수 선생님이 하늘에서 보내준 천사 같다는 사람들의 말에, 선생님은 손을 내저으며 이렇게 말합니다.

"아이들의 어려움을 본 선생님이라면 누구나 그렇게 했을 거예요. 그리고 저 혼자 한 일이 아니에요. 저와 함께 한 제자들과 다른 선생님들이 있으니 가능했던 거죠."

그러면서 한성수 교감 선생님은 제자들에게 이런 당부도 잊지 않았습니다.

"현재 자리에서 한 팔 더 벌려서 더불어 살 수 있는 사람이 되었으면 좋겠습니다. 딱 한 팔만 벌리고 안으면, 거기서 사랑의 기적이 시작되니까요."

내 잠수복을 열어줄 열쇠

  2008 골든 글로브 '최우수 감독상'과 '최우수 외국어 영화상'
을 수상한 영화 〈잠수종과 나비〉. 영화는 왼쪽 눈 하나로 세상과
소통했던 한 남자의 실화를 담고 있습니다. 바로 세계적인 여성
잡지 〈엘르〉의 편집장이었던 '장 도미니크 보비'가 영화 속 실존
인물입니다.

  그는 다양한 분야에서 뛰어난 재능을 보인 사람이었습니다. 그
러나 1995년 갑자기 쓰러진 그는 말하는 것은 물론이고 숨 쉬는
것조차 힘든 식물인간이 되고 말았습니다. 가족이나 동료 모두
이제는 그가 죽을 날만 남았다며 슬퍼했습니다.

  그러던 어느날 그의 친구 클로드 망디빌은 보비가 왼쪽 눈을
깜빡이며 눈물 흘리는 것을 보게 되었습니다. 이를 계기로 두 사

람은 눈을 깜빡이는 것으로 의사소통을 했고, 얼마 후 두 사람은 책을 쓰기로 합니다.

'E' 나 'S' 처럼 자주 사용하는 문자는 눈을 적게 깜박이는 신호를 사용했고, 마침표는 눈을 아예 감아버리는 것으로 정했습니다. 하루에 원고지 반쪽, 때로는 한 문장을 만드는 데 꼬박 하룻밤을 새는 기나긴 작업이 이어졌습니다. 보비는 자신을 이렇게 표현했습니다.

"몸은 마치 잠수복에 갇힌 것처럼 자유롭지 못할지라도 나의 영혼은 또 다른 자아를 찾아 나비처럼 비상한다."

보비는 20만 번 이상 눈을 깜박이며 1년 3개월 만에 130쪽에 이르는 책 《잠수복과 나비》를 완성했습니다.

"고이다 못해 흘러내리는 침을 삼킬 수만 있다면 세상에서 가장 행복한 사람"이라고 했던 보비, 그는 다음 문장으로 책을 완결 짓습니다.

"열쇠로 가득 찬 이 세상에 내 잠수복을 열어줄 열쇠는 없을까? 종점 없는 지하철 노선은 없을까? 나의 자유를 되찾아줄 만큼 막강한 화폐는 없을까? 다른 곳에서 구해보아야겠다. 나는 그곳으로 간다."

1997년 3월 9일, 보비는 그의 마지막 문장처럼 자신을 자유롭게 할 그곳을 향해 떠났습니다. 심장마비로 44세의 짧은 생을 마감했던 것입니다. 하지만 마지막 순간까지 최선을 다해 일생을 살았던 그의 삶은 많은 이들에게 희망의 메시지가 되고 있습니다.

유머감각을 키우는 법

"내가 상대성이론을 발견한 비결은 어릴 때부터 웃음을 중시한 데 있다"고 말한 아인슈타인 박사는 평소 모험심이 강하고 유머감각이 풍부한 사람으로도 유명했습니다.

1921년 특수상대성이론이 물리학에 기여한 공로로 노벨 물리학상을 받은 후에 있었던 일입니다.

그는 미국의 여러 대학들로부터 쇄도하는 강연 요청을 다니느라 하루에도 몇 번이나 같은 이야기를 반복해야 했습니다. 그와 항상 함께 다니는 그의 운전기사 역시 아인슈타인의 강연을 줄기차게 듣다 보니 그 내용을 완전히 암기할 정도가 되었습니다. 그 사실을 알고 장난기가 발동한 아인슈타인 박사는 운전기사에게 말했습니다.

"그렇다면 다음 강연 때에는 자네가 내 양복을 입고 나 대신 강연을 해보는 게 어떤가?"

강의를 앞두고 대학에 도착하기 전, 두 사람은 옷을 바꿔 입었습니다. 박사는 운전기사의 옷을 입었고, 운전기사는 박사의 양복을 입고 박사인 척 강의를 했습니다. 가짜 아인슈타인 박사의 강연은 성황리에 끝났습니다. 그런데 막 연단을 내려올 무렵 한 교수가 어려운 질문을 했습니다. 순간 눈앞이 깜깜해진 운전기사는 기지를 발휘해서 다음과 같이 대답했습니다.

"아, 그 정도 질문이라면 제 운전기사도 충분히 답변할 수 있습니다. 운전기사 양반, 이쪽으로 올라와서 설명해주도록 해요."

진짜 아인슈타인 박사는 연단에 나와 설명을 끝냈습니다.

유머가 재미있는 이유는 우리가 당연하다고 생각하는 상식을 깨는 의외성 때문일 것입니다. 요즘에는 배우자를 선택하거나 신입사원을 뽑을 때도 유머감각이 있는 사람을 택하는 비율이 높아졌다고 합니다. 사회생활에도 유용한 유머감각을 키우는 가장 좋은 방법은, 상대방을 이해하는 마음을 갖고 스스로 잘 웃는 것이라고 합니다.

내 생애 주어진 마지막 5분처럼

어느 젊은 사형수가 있었습니다. 형장에 도착한 사형수에게 생의 마지막 5분의 시간이 주어졌습니다. 28년을 살아온 그에게 최후의 5분은 너무나 짧았지만 더없이 소중한 시간이었습니다.

마지막 5분을 어떻게 쓸까?

사형수는 고민 끝에 결정했습니다. 나를 아는 모든 이들에게 작별 기도를 하는 데 2분, 오늘까지 살게 해준 하나님께 감사하고 곁에 있는 다른 사형수들에게 작별 인사를 나누는 데 2분, 나머지 1분은 눈에 보이는 자연의 아름다움과 지금 최후의 순간까지 서 있게 해준 땅에 감사하기로 마음을 먹었습니다. 그러는 사이 2분이란 시간이 지나가버렸습니다.

'이제 3분 후면 내 인생도 끝이구나.'

그 생각이 들자 지나간 28년이란 세월을 아껴 쓰지 못한 것이 정말 후회스러웠습니다.

'다시 한번 인생을 살 수만 있다면……'

회한의 눈물을 흘리는 순간! 기적적으로 사형 중지 명령이 내려왔고 사형수는 생명을 건졌습니다.

구사일생으로 풀려난 그는 사형집행 직전에 주어졌던 5분의 시간을 생각하며 평생 동안 시간의 소중함을 가슴속에 간직하고 살았습니다. 하루하루, 순간순간을 마지막 순간처럼 소중하게 생각했습니다.

그 결과 그는 《죄와 벌》, 《카라마조프가의 형제들》, 《백야》 등 수많은 불후의 명작을 발표한 세계적 문호로 성장할 수 있었습니다. 그 사형수는 바로 도스토예프스키입니다.

스톡데일 패러독스

　미국의 유명 잡지사 타임사는 〈라이프〉라는 잡지에 '삶의 의미는 무엇인가?'라는 기사의 사진을 싣기 위해 전세계로 사진기자들을 파견했습니다.

　사진기자들은 삶의 의미를 표현할 만한 순간을 포착하기 위해 어린아이, 상인, 뱃사공, 철학자 등 수많은 사람들을 만나 사진을 찍었습니다. 그 가운데 삶의 의미를 가장 잘 포착한 사진으로 뽑힌 것은 브리타니 해안의 등대와 등대지기를 담은 것이었습니다.

　그 사진을 보면 등대를 압도하는 바다의 거친 폭풍이 보입니다. 그리고 거친 바다를 똑바로 응시하는 한 사람, 바로 등대지기의 모습이 담겨 있습니다. 거친 바다를 똑바로 응시하고 있는 등대지기의 표정엔 사뭇 진지함이 엿보였습니다.

이 사진은 우리 삶에 아무리 혹독한 시련이 닥쳐도 고난을 똑바로 응시하라는 메시지를 주고 있습니다.

이것은 '스톡데일 패러독스'라 불리게 된 한 일화를 떠올리게 합니다. 베트남 전쟁 당시 8년간 하노이 전쟁포로수용소에 갇혔던 짐 스톡데일 장군은 한 가지 사실을 깨달았습니다.

그것은 바로 포로들 가운데 현실을 직시하지 않는 낙관주의자들은 그렇지 않은 경우와 비교했을 때 더 큰 상심에 빠진다는 것이었습니다.

그들은 '크리스마스가 되면 나갈 수 있을 거야' 하고 기대했다가 그 기대가 무너지면, 이번엔 다시 '부활절에는 나갈 수 있을 거야' 하고 또 기대합니다. 그러다 결국엔 상심을 하여 일찍 죽었다는 것입니다.

짐 스톡데일 장군은 "크리스마스나 부활절에도 나가지 못할 것이란 현실을 직시하라. 그렇지만 언젠가 반드시 나갈 것이란 믿음을 잃지 말라. 그래야 살아남는다"라며 동료 포로들을 격려했습니다.

냉혹한 현실을 직시하면서도 희망을 잃지 않은 스톡데일 장군의 실화는 오늘날 "스톡데일 패러독스"라 부르고 있습니다.

이것 또한 지나가리라

〈미드라쉬〉라는 유대교 문헌에는 다음과 같은 이야기가 전해 내려옵니다.

옛날 다윗 왕이 가장 뛰어난 보석 세공인을 불러 명령을 내렸습니다.

"나를 위해 반지를 하나 만들고, 거기에 글귀를 새겨넣도록 해라. 대신 글귀 내용은 이러해야 한다. 내가 큰 승리를 거둬 기쁨을 주체하지 못할 때 자만하지 않도록 조절할 수 있어야 하고, 내가 절망하고 낙담하고 있을 땐 용기와 희망을 줄 수 있어야 하느니라."

명령대로 세공인은 우선 아름다운 반지를 만들었습니다. 그러나 어떤 글귀를 새겨야 할지는 아무리 고민해도 떠오르지 않았습니다. 할 수 없이 그는 지혜롭다는 솔로몬 왕자를 찾아가 조언을 구했습니다.

"왕의 기쁨을 절제해주고 동시에 낙담했을 때 용기를 북돋워드리기 위해선 어떤 말을 써넣어야 할까요?"

솔로몬이 대답했습니다.

"이런 말을 써넣으세요. '이것 역시 곧 지나가리라!' 왕이 승리에 도취된 순간 이것을 보면 자만심이 가라앉을 것이고, 그가 낙심할 때에 읽으면 큰 용기를 얻게 될 겁니다."

이에 대해, 후에 랜터 월슨 스미슨은 이렇게 노래했습니다.

"슬픔이 그대의 삶으로 밀려와 마음을 흔들고

소중한 것들을 쓸어가버릴 때면

그대 가슴에 대고 다만 말하라.

'이것 또한 지나가리라.'

행운이 그대에게 미소 짓고 기쁨과 환희로 가득할 때

근심 없는 날들이 스쳐갈 때면

세속적인 것들에만 의존하지 않도록

이 진실을 가슴에 새기라.

'이것 또한 지나가리라.'"

외팔이 드러머

1977년 영국에서 결성된 록 그룹 〈데프 레파드Def leppard〉는 1979년부터 세 장의 음반을 연속 히트하면서 80년대를 대표하는 그룹으로 평가받았습니다. 〈데프 레파드〉를 이야기할 때면 꼭 등장하는 인물이 있습니다. 바로 그룹의 드러머인 릭 앨런입니다.

그는 열다섯 살 때부터 당시 무명 밴드였던 〈데프 레파드〉에서 드럼을 쳤습니다. 그런데 1984년 12월 릭 앨런은 자신이 타고 가던 스포츠카가 전복되는 사고를 당했고, 이 사고로 왼쪽 팔을 절단해야 했습니다.

드러머에게 한쪽 팔을 자른다는 것은 뮤지션으로서의 생명을 잃는 것과 같았습니다. 릭 앨런은 자신의 전부나 다름없던 음악을 포기할 수 없었습니다. 〈데프 레파드〉의 다른 멤버 역시 그의 재기를 믿었습니다. 그러는 동안 세간에서는 팀이 해체된다, 드러머가 교체된다는 등 〈데프 레파드〉에 관한 온갖 소문들이 무성했습니다.

릭 앨런은 그런 억측에 일말의 동요도 없이 퇴원을 하자마자 드럼 앞에 앉았습니다. 하지만 한 손으로 드럼을 치는 게 어색해서 자꾸 스틱을 떨어뜨렸고, 갑자기 드럼을 멈추고 절망한 얼굴로 우두커니 앉아있기도 했습니다. 그럴 때마다 동료들은 앨런보다 더 가슴 아파했고 그만큼 더 그를 응원했습니다.

동료들은 앨런을 위해 한쪽 팔이 없는 드러머를 위한 특수 드럼 세트를 드럼 제작자에게 의뢰했습니다. 이 드럼 세트가 도착하자, 앨런은 그날부터 하루에 여덟 시간씩 드럼 연습을 했고 오른팔과 발을 이용하는 특수 주법을 탄생시켰습니다. 앨런이 한쪽 팔로만 드럼을 치는 것에 익숙해질 때까지 멤버들은 4년을 묵묵히 기다려줬습니다.

1997년 드디어 그룹 〈데프 레파드〉는 외팔이 드러머 릭 앨런과 함께 앨범 〈Hysteria〉를 발표했습니다. 이 앨범에는 대나무를 자르는 듯한 소리 등 앨런의 새로운 드럼 연주 기법이 담겨 있습니다.

앨범은 나오자마자 대중들의 큰 사랑과 환영을 받았습니다. 미국 내에서만 1,100만 장의 판매고를 올렸고, 앨범에 실린 곡 중 여섯 곡이 빌보드 차트 20위 안에 진입하는 신기록을 세웠습니다.

"어려움을 겪어보지 않은 사람은 인간이 얼마나 강한 존재인지 알기 힘들다"라고 말한 릭 앨런. 그는 자신이 재기할 수 있었던 원동력은 끝까지 자신을 믿고 기다려준 동료들이었다고 강조합니다.

CBS 음악 FM
93.9 MHz

2부
꿈은 이루어진다

진정한 희망이란
바로 나를 신뢰하는 것이다

꿈을 이룬 모습을 상상하세요

1820년대 로스차일드 은행이 유럽에서 크게 성공한 직후였습니다. 은행장은 유능한 부하 직원 몇 명을 불렀습니다.

"미국에 진출할 계획인데 떠날 준비를 하는 데 시간이 얼마나 걸리겠나?"

그러자 대부분의 직원은 한참 생각하더니 열흘 정도 걸릴 거라고 대답하거나 "아무리 서둘러도 3일 후에야 떠날 수 있겠습니다"라고 말했습니다. 그런데 단 한 명의 직원만은 "지금 곧 떠나겠습니다"라고 대답했습니다.

은행장은 말했습니다.

"좋아. 당장 떠나게. 자넨 지금 이 순간부터 샌프란시스코 지점장일세."

이 직원의 이름은 줄리어스 메이로 후에 샌프란시스코 최대의 갑부가 된 사람입니다. 자신의 꿈을 이루는 사람의 공통된 특징 가운데 하나는 이렇게 '당장 시작하는 사람'이고, 또 하나는 '꿈을 이룬 자신을 상상하는 사람'이라고 합니다.

수년 전 세계적인 탐험대가 스위스 마테호른 북쪽 봉우리를 등반할 준비를 할 때였습니다. 당시만 해도 북쪽 봉우리는 사람의 발길이 닿지 않던 미지의 땅이었습니다. 그들은 출정에 앞서 기자회견을 가졌습니다.

기자가 물었습니다.

"정말로 마테호른의 북쪽 봉우리를 정복할 계획입니까?"

그러자 한 대원은 "최선을 다할 겁니다"라고 했고, 또 다른 대원은 "죽을힘을 다할 겁니다"라고 대답했습니다. 하지만 한 청년은 이렇게 말했습니다.

"난 마테호른 북쪽 봉우리 위에 서게 될 것입니다."

세계 각지에서 내로라하는 탐험가로 구성된 탐험대원 가운데 단 한 명만이 북쪽 봉우리를 정복하는 데 성공했습니다. 그는 바로 자신이 북쪽 봉우리를 정복할 거라고 말했던 청년이었습니다.

최선을 다하겠다는 마음가짐보다 중요한 것은 꿈을 이룬 자신의 모습을 먼저 상상해보는 것입니다. 그것이 꿈을 이루는 가장 중요한 요건 중 하나입니다.

나는 오늘 한 페이지만 쓰겠다

영국의 사상가 토마스 칼라일에게는 평생의 꿈이 있었습니다. 그 꿈은 유럽 땅에 더이상 피비린내 나는 전쟁의 역사가 되풀이되지 않고 아름다운 민주주의 문화가 꽃피는 것이었습니다. 이를 위해 칼라일은 수천 페이지에 달하는 〈프랑스 혁명사〉를 썼습니다.

그는 이웃에 살던 절친한 친구이자 철학자인 존 스튜어트에게 한번 읽어보라고 원고를 건넸습니다. 그런데 그만 그 원고를 스튜어트의 집에서 일하던 하녀가 못 쓰는 종이 뭉치인 줄 알고 불쏘시개로 써버렸습니다.

이 소식을 들은 칼라일은 제정신이 아니었습니다. 몇 년 동안 심혈을 기울였던 결과가 순식간에 재가 되어버리고 말다니! 그는 실망해서 아무것도 할 수 없었습니다.

비 오는 어느 날, 그는 하염없이 창밖을 바라보고 있었습니다. 비가 그치자 건너편에 새 집을 짓기 위해 일꾼들이 하나둘씩 나타났습니다. 그들은 터를 닦고 줄을 놓은 후 벽돌을 하나하나 쌓기 시작했습니다. 그러다 벽돌이 조금이라도 맞지 않으면 벽돌을 허물고 다시 쌓았습니다. 허물고 쌓는 일을 반복하면서 차근차근 집을 짓는 모습을 보던 칼라일은 문득 생각했습니다.

'집 한 채를 짓기 위해서도 저런 정성과 노력이 필요한데, 유럽의 역사를 일으켜 세우기 위한 일에 다시 땀 흘리지 못할 이유가 어디 있을까?'

그는 다시 한번 도전하기로 마음먹었습니다.

"나는 오늘 한 페이지만 쓰겠다. 처음 시작할 때도 한 페이지부터 시작하지 않았던가!"

그는 처음보다 더 잘 쓰기 위해 아주 꼼꼼히 오랜 시간에 걸쳐 써내려갔습니다. 그렇게 다시 써내려간 원고는 처음 썼던 것보다 훨씬 좋은 작품이 되었고 마침내 오늘날 우리가 보는 〈프랑스 혁명사〉로 완성되었습니다.

위대한 작가를 만든 힘

꿈을 갖고 있었지만 늘 실패하던 사람이 있었습니다. 그는 작가의 꿈을 안고 신문사에 취직했습니다. 그러나 글쓰기에는 소질이 없는 듯했습니다. 심혈을 기울여 기사를 썼지만 그는 핵심을 짚어내지 못한다는 이유로 매번 편집장에게 야단을 맞았습니다.

얼마 후 전쟁이 터졌습니다. 그는 참전해서 부상까지 입었는데도 그 와중에 두 편의 소설을 완성했습니다. 하지만 어느 출판사에서도 그의 원고를 받아주지 않았습니다. 출판사 편집자들은 문학적 기량이 전혀 없는 그가 자꾸 글을 쓰는 게 이상하다고 말했습니다. 잡지사와 신문사에 서른 편이 넘는 글을 발표했지만 받은 원고료는 우리 돈으로 고작 20만 원에 불과했습니다.

작가의 길을 걸은 지 6년쯤 지났을 때에는 아내가 그만 그의 원고가 든 가방을 잃어버리기도 했습니다. 그래도 그는 낙심하지 않았고 처음부터 다시 시작하자고 마음먹었습니다. 그렇게 7년이 지난 뒤에도 상황은 조금도 나아지지 않았습니다.

"세상의 모든 출판사에서 퇴짜 맞은 작가"란 조롱을 들어야 했고, 어쩌다 잡지나 신문에 그의 글이 실릴라치면 "작가의 이름을 빼는 게 낫겠다"며 그의 이름을 명시하지 않기도 했습니다.

가난을 그림자처럼 달고 살던 그가 작가의 길을 걸은 지 9년째 되던 해에는 〈더 다이얼〉이라는 잡지사의 편집장으로부터 "당신은 절대 작가가 될 수 없으니 그만 포기하는 게 낫겠습니다"라는 진지한 조언까지 들었습니다.

글을 쓴 지 10년이 되었을 때도 여전히 형편없는 작가로 낙인 찍혀 있었지만 그는 포기하지 않았습니다.

이 사람은 과연 누구일까요?

그는 바로 《노인과 바다》, 《무기여 잘 있거라》와 같은 불후의 명작을 썼고, 1954년엔 노벨문학상을 받은 '어니스트 헤밍웨이'입니다. 그는 정말 오랜 기간 재능 없고 가능성 없는 작가였습니다. 하지만 그의 포기하지 않는 정신이 그를 위대한 작가로 만들어냈던 것입니다.

세상에 작은 배역은 없어

영화 〈쉬리〉의 여주인공 영화배우 김윤진은 2002년 영화 〈밀애〉로 청룡영화제 여우주연상을 수상하며 명성을 날리던 시절, 돌연 미국행을 결심했습니다. 그때 그녀의 나이는 서른 살이었습니다. 낯선 땅에서 에이전시를 찾아다니며 오디션을 봐야 하는 신인으로 시작하기에 결코 적은 나이가 아니었습니다. 그러나 그녀는 당찬 자신감으로 오디션을 통과했고, 당시 신인 배우로서는 파격적인 조건으로 미국 ABC 방송국과 전속 계약을 맺고 인기 드라마 〈로스트〉에 출연했습니다.

그러나 기쁨도 잠시, 대본을 받아든 그녀는 실망하지 않을 수 없었습니다. 그녀가 맡은 역할은 비중이 매우 작은 단역에 불과했고 게다가 크고 작은 인종차별마저 겪게 되자 자존심이 상했습니다.

착잡한 마음으로 자신보다 먼저 할리우드에 진출했던 선배 영화배우인 박중훈에게 조언을 구한 그녀는 그로부터 이런 말을 들었습니다.

"윤진아, 작은 배역은 없어. 작은 배우가 있을 뿐이야."

원래 '작은 배역'이란 없는 것인데 지금까지 자신이 그렇게 생각했기 때문에 스스로가 '작은 배우'가 됐구나, 하고 느끼며 용기를 갖고 다시 연습에 몰두했습니다.

그녀는 이렇게 말했습니다.

"내일 촬영할 것을 연습하고 고민해요. 그런 연습이 제 피부세포에 모두 스며들도록 만들죠. 촬영 중간에 일주일이 비더라도 계속 집 안에만 있는 편이에요. 바깥의 영향을 받지 않으려구요."

배역이 자신에게 자연스러워지도록, 피부세포에 스며들 정도로 연기 연습에 몰두한, 지독한 연습 벌레 김윤진은 그렇게 해서 애초 단역에 불과했던 배역을 가장 주목받는 배역으로 끌어올릴 수 있었습니다.

3년 연속 골든글러브 시상식에 참석하며 월드스타로서의 입지를 굳혀가는 배우 김윤진. 그녀의 성공 뒤에는 그녀의 긍정적인 생각과 이러한 노력의 땀방울이 숨어 있었습니다.

보잘 것 없다는, 하찮다는 '생각' 그 자체가 스스로를 보잘 것 없고 하찮게 만드는 것인지도 모릅니다.

오늘도 꿈을 향해 달리는 남자

　매주 금요일만 되면 커다란 가방을 메고 화랑가를 도는 남자가 있습니다. 그 남자의 가방 안은 다름 아닌 팸플릿과 도록으로 가득합니다.

　짓궂은 기자들은 그를 가리켜 '미술계의 넝마주의' 라 부르기도 하고, 웬만한 작가의 나이, 학력, 작품 경향 등을 모두 외우고 있어 물어보면 척척 대답해준다 해서 '걸어다니는 미술사전' 이란 별명도 지어줬습니다.

　그는 바로 얼마 전 그 어떤 공공 박물관보다 방대한 양의 미술자료박물관을 개인의 힘으로 세운 김달진 씨입니다.

　1960년대 말 중학생이었던 김 씨는 우연히 여성잡지에 실린 '이달의 명화' 를 보고 감동을 받아 스크랩을 시작하면서, 꿈을 키우기 시작했습니다. 그리고 성인이 되어선 미술계 쪽 직장 일을 하면서 자료를 수집했습니다.

그동안 어려움도 많았습니다. 미술관으로 발송되지 않은 작가들의 전시도록들을 위해 직접 인사동 현장을 다니며 수거했고, 내 집 드나들듯 고서점가를 다니며 미술 정기간행물도 모았던 겁니다. 모든 걸 개인 비용으로 충당했기에 늘 생활고에 시달려야 했습니다.

그렇게 모은 많은 자료 중에는 '이왕가덕수궁 진열 일본미술품 도록 3집'과 같은 희귀자료는 물론이고 1946년 발간된 〈조형미술〉 같은 미술잡지 등도 있는데, 자료의 무게만도 18톤이 넘는다고 합니다.

그리고 얼마 전 꿈에도 그리던 〈김달진 자료박물관〉을 열었습니다. 여기엔 국립현대미술관에 없는 자료도 많아서, 전문가들도 문의를 해올 정도라고 합니다. 하지만 공간은 아직도 부족한 형편입니다. 시골집 창고에 쌓아놓은 것만 4톤이 넘습니다.

지금도 비가 오거나 습기 많은 날은 행여 자료가 상할까 걱정이 이만저만이 아닙니다. 기록문화에 취약한 우리 풍토에서 묵묵히 우리의 미술자료 기반을 마련해온 김달진 씨. 사실 그는 국가나 공공기관이 해야 할 일을 대신한 셈입니다. 하지만 이 일을 멈출 수 없다는 김달진 씨는 이렇게 말합니다.

"처음엔 내가 좋아 시작한 일이라 그저 좋아서 했고요. 힘들어 그만두고 싶을 땐 이게 내 천직이다 생각하며 견뎠죠. 하지만 지

금에 오니 사명감이 생기더군요. 그러니 이젠 안 할 수도 없습니
다."

　아직은 부족한 〈김달진 자료박물관〉이지만, 그에겐 이제 시작
입니다. 조금 더 넓은 곳에서 제대로 보존 전시하는 장소가 마련
될 때까지 그는 오늘도 꿈을 향해 달려갑니다.

뭐든 열심히 하면 됩니다

일흔한 살의 나이로 문인화가의 꿈을 이룬 윤춘화 할머니. 할머니는 지난 2002년 길을 가다 우연히 서예를 배우는 서실을 발견했습니다. 벽면에 걸린 글씨를 보는 순간 배워보고 싶다는 생각이 스쳤지만 선뜻 용기가 나지 않았습니다. 그도 그럴 것이 할머니는 초등학교 졸업 학력에, 당시 나이는 60대 중반이었기 때문입니다.

그러나 다른 할머니들도 배우고 있는 것을 안 윤춘화 할머니는 죽기 전에 하고 싶은 것 하나는 이루고 싶다는 생각에 용기를 냈습니다. 이렇게 할머니는 문인화를 시작하는 첫 걸음을 디뎠습니다.

다음날부터 서실을 드나들며 기초를 닦았고 집에서도 열심히 연습을 했습니다. 그러나 2004년부터는 몸이 불편해진 남편을 돌보느라 먼 거리의 서실에 나갈 수 없었지만, 대신 집에서 열심히 연습했습니다.

그렇게 3년을 집과 집 근처의 예술회관에서 연습한 덕에 2004년 〈제1회 울산 전국서예문인화대전〉에서 입선했습니다. 뒤이어 〈대한민국한겨레서예대전〉, 〈한국예술문화대전〉, 〈한국여성미술대전〉, 〈대한민국통일미술대전〉 등에서도 입상했고 최근에는 〈대한민국예술대제전〉에서 초대작가로 선정되며 문인화가로 등단까지 했습니다.

재능 있고 젊은 사람도 보통 10년은 걸린다는 통념을 깨고 5년 만에 이뤄낸 할머니의 등단은 여생이 얼마 남지 않았다는 절박감이 가져온 좋은 결과입니다.

할머니는 서예뿐 아니라 지금은 장구와 요가, 박 공예 등을 두루 배우고 있습니다.

"뭐든 열심히 하면 되는 거예요. 내가 문인화가가 될 거라고 꿈인들 꾸었겠어요. 요즘엔 하도 기뻐서 눈물이 납니다."

일흔한 살의 윤춘화 할머니는 앞으로도 지금처럼 하고 싶은 것을 성실히 하며 살고 싶다고 말합니다.

좋아하는 것이 생겼다면 지금 당장 시작하세요. 나이 때문에, 상황 때문에, 혹은 배운 게 없다는 핑계로 머뭇거리지 말고 지금 당장 시작하고 노력한다면 누구나 그 꿈을 이루어갈 수 있습니다.

도전을 받아들이는 힘

제 이름은 안드레아 보첼리입니다. 1958년 이탈리아에서 태어났습니다. 부모님은 포도와 올리브 농사를 지으셨지만 음악에 관심이 많으셨어요. 저는 여섯 살부터 피아노 레슨을 받고 플루트와 색소폰도 배웠습니다. 노래 부르는 걸 가장 좋아했고 축구도 아주 좋아했습니다.

그런데 열두 살 때 친구들과 축구를 하다가 그만, 공에 눈을 강하게 맞고 말았습니다. 좀 아프고 말 줄 알았는데, 며칠 뒤 눈이 완전히 안 보이게 되어버렸죠. 가족들과 친구들 모두 슬퍼했습니다. 그때 전 어렸지만 이런 생각이 들었습니다.

'딱 한 시간만 울자. 그리고 이 어두운 세계에 빨리 적응하자.'

부모님은 눈이 보이지 않으니 힘을 길러야 한다고 말씀하시면서, 법학도가 되는 것이 어떻겠느냐고 하셨습니다. 전 열심히 공부해서 피사 대학에 진학해 법학박사 학위를 취득했습니다. 변호사로 일하게 됐을 때 부모님은 기쁨의 눈물을 흘리셨고, 모두들 '인간 승리'라며 저를 추켜 세워주었습니다.

하지만 전 즐겁지만은 않았습니다. 제 마음 깊은 곳에서 정말 하고 싶었던 게 있었거든요. 바로 성악이었습니다.

제가 다시 음악을 하겠다고 하자, 모두 저를 만류했습니다. 시각 장애인으로 대중 음악가라면 모를까, 클래식 음악을, 그것도 오페라를 한다는 것은 불가능할 것이라고 했습니다. 그러나 전 제 꿈을 이루기 위해 뜻을 굽히지 않았어요.

정통 성악 수업을 받았고 전설의 테너라 불리던 프랑코 코렐리 선생에게 음악 지도를 받았습니다. 물론 클래식 음악가에게 있어 악보를 볼 수 없다는 것은 치명적인 결점이었지만 악보를 머릿속에 모두 집어넣으려 애썼습니다.

얼마 뒤, 제 평생 꿈이었던 오페라 무대에 서는 기회도 얻었습니다. 오페라 〈라보엠〉이었죠. 어떤 비평가들은 오페라가 무슨 장난인 줄 아느냐며 저를 비롯해 무대를 준비한 모든 스태프들까지 싸잡아 비난하기도 했습니다.

하지만 개의치 않았어요. 몇 번째 계단에서 어느 방향으로 다시 몇 걸음을 더 걸어야 하는지, 언제 여자주인공을 쳐다보고 언제 손을 내밀어야 할지를 철저히 기억해서 움직였습니다.

공연이 끝나자 관객들은 기립박수를 쳤습니다. 제 바람대로 관객들은 시각 장애를 가진 성악가가 아닌 라보엠의 주인공 로돌포로 공연에 몰입할 수 있었던 것입니다. 저를 비난하던 비평가들도 "완벽한 공연이었다"며 칭찬을 아끼지 않았습니다.

　제가 시력을 잃었을 때, 두려움과 절망의 눈물을 흘리는 데 필요한 시간은 꼭 한 시간이었습니다. 그리고 새로운 상황에 적응하는 데에는 일주일이면 충분했지요. 자기 연민에 빠지는 시간이 길면 길수록 더 힘듭니다.

　슬픔을 빨리 극복할수록 새로운 도전을 받아들이는 힘이 강해진다는 것을 잊지 마세요.

진정한 희망이란

한 젊은 만화가가 있었습니다. 그는 자신의 그림을 들고 여러 신문사를 찾아다니며 연재를 부탁했지만 아무도 그의 그림을 인정해주지 않았습니다. 한 편집자는 이렇게 말하기도 했습니다.

"당신처럼 재능 없는 만화가는 처음 봅니다. 그 어떤 개성도 장점도 찾아볼 수 없군요. 빨리 포기하고 다른 길을 찾아보세요."

하지만 그는 누가 뭐라든, 자신의 재능을 의심하지 않았습니다. 언젠가 인정받을 날이 오리란 희망을 버리지 않고 교회 홍보물을 그리며 기회를 기다렸습니다. 너무 가난해서 쥐가 우글거리는 창고에서 살았지만, 그림을 그릴 수 있다는 사실에 감사했습니다. 하지만 천장이나 벽 틈으로 튀어나오는 쥐 때문에 그는 잠조차 제대로 잘 수 없을 지경이었습니다. 그래도 그는 자신의 이런 환경을 비관하지 않고 자신을 괴롭히던 생쥐의 모습을 그림에 담기 시작했습니다. 그리고 마침내 귀엽고 개성 있는 생쥐 캐릭터를 창조해냈습니다.

이것이 바로 선풍적인 인기를 모으며, 그를 유명 만화가로 만든 '미키 마우스'이고, 그는 바로 월트 디즈니입니다.

이렇게 자신의 꿈을 이루는 과정에서 무엇보다 자기 자신을 믿고 희망을 잃지 않았던 인물은 수도 없이 많습니다.

베토벤은 어린 시절, 음악선생님으로부터 "작곡가로서 전혀 희망이 없다"는 평을 들었고, 세계적인 과학자 알버트 아인슈타인은 열 살 때 뮌헨 교장으로부터 "넌 절대 제대로 자라지 못할 거다"란 가혹한 말을 들었습니다. 1952년 데카 음반회사는 한 무명의 그룹과 일할 기회를 거절했는데, 이유는 "그들의 사운드와 기타 연주 스타일이 싫다"는 거였습니다. 그들은 바로 전설적인 팝그룹 '비틀즈'였습니다.

꿈을 이루느냐, 못 이루느냐는 결국, 자신에 대한 신뢰와 희망을 놓느냐, 그렇지 않느냐의 문제인 것입니다. 쇼펜하우어는 희망에 대해 이렇게 말했습니다.

"진정한 희망이란 바로 나를 신뢰하는 것이다. 희망은 마치 독수리의 눈빛과도 같다. 항상 닿을 수 없을 정도로 아득히 먼 곳만 바라보고 있기 때문이다."

헤어짐의 운명, 만남의 숙명

1984년 어느 가을, 안전 점검중이던 한 전기 기사가 전기에 감전되고 말았습니다. 순간 온몸이 척 들러붙고 몸 안으로 불덩이가 들어온 것 같았습니다. 눈을 떴을 때, 그의 양손은 사라져 있었고 어깨까지 양쪽 팔 모두를 절단해야 했습니다. 그때 그의 나이 스물아홉. 둘째 아이가 태어난 지 불과 한 달 반 되었을 때입니다.

세수도, 용변도, 식사도 남의 도움 없인 불가능했습니다. 지금도 종종 엘리베이터에 갇히곤 하는데, 엘리베이터의 일반 버튼은 몰라도 체온 감응형 버튼은 난감합니다. 쇠붙이로 된 그의 의수엔 체온이 없기 때문입니다.

하지만 그런 그가 그림을 그리게 됐습니다.

사고를 당한 지 4년째 되던 해, 의수에 볼펜을 끼고 글씨 연습을 하고 있던 그에게, 그림을 그려달라던 어린 아들의 청을 들어주기 위해 시작했던 것입니다.

내친 김에 미술을 배우려고 학원을 찾아보았지만 그를 받아주는 곳은 없었습니다. 그에게는 물감을 짤 손이 없었기 때문입니다. 그래서 생각한 것이 서예였습니다. 먹 한 가지만 있으면 그릴 수 있을 거란 생각이 들어서였지만, 한편으론 두 팔 없는 장애인 대부분이 입 또는 발로 그리는 구족화가의 길을 선택한다는 걸 알고 그 편견을 깨고 싶었습니다.

그래서 선택한 게 의수입니다. 의수에 붓을 고정시키고 그림을 그린다는 건 굉장히 힘든 일이었지만 그는 포기하지 않았습니다.

새로운 도전을 할 수 있다는 것, 꿈이 생겼다는 것이 너무 기뻤기 때문입니다. 그렇게 서예를 시작한 지 3년째 되던 1991년, 그는 전라북도 서예대전을 시작으로 각종 서예대전에서 상을 휩쓸었습니다. 개인전과 그룹전, 또 해외전시를 진행하며 제1호 의수 화가로 우뚝 설 수 있었습니다.

그는 바로 '수묵크로키'라는 새로운 장르를 개척한 석창우 화백입니다. 석창우 화백은 이렇게 말했습니다.

"사라진 두 팔로 인해 나는 그림을 만났고, 미처 몰랐던 나의 열정엔 후회도 아쉬움도 없어요. 내가 양팔과 헤어진 것이 운명이라면 의수로 그림을 그리게 된 것은 숙명이란 생각이 듭니다."

내 안의 잠재력을 믿으세요

포기할 때 사람들이 대는 이유들이 있습니다. 건강이 좋지 않아서, 그걸 하기에는 내 머리가 좋지 않아서, 내 나이가 너무 많아서 혹은 너무 적어서, 어쨌든 내 경우는 남달라서 등등. 사람들은 스스로를 위안하며 무언가를 포기하거나 실패할 때 이런 핑계를 가장 많이 댄다고 합니다. 하지만 진정으로 하고 싶은 일을 한다면 이런 이유들은 그저 핑계거리일 수도 있습니다.

1977년 플로리다 주의 텔러해 시에는 당시 예순세 살의 로라 슐츠란 부인이 살고 있었습니다. 그녀는 승용차에 팔이 깔린 손자를 빼내기 위해 차 뒷부분을 번쩍 들어올렸고, 이 사건이 매스컴에 알려지면서 그녀는 유명해졌습니다. 사실 그 전까지 그녀는 23킬로그램짜리 사료 봉지보다 더 무거운 물건을 들어본 적이 없었다고 말했습니다.

찰리 가필드 교수가 그녀를 인터뷰할 때 그녀는 자신이 그 사건을 겪은 후의 심경에 대해 이렇게 말했습니다.

"그 사건은 내가 무엇을 할 수 있고, 또 다른 무엇을 할 수 없는지에 대한 나 자신의 믿음을 흔들리게 했습니다. 그런 대단한 힘을 낼 수 있었던 내가, 이제까지는 나의 인생을 무의미하게 허비해왔다는 걸 증명하는 거잖아요? 많이 혼란스러워요."

교수는 그녀에게 무엇을 하고 싶은지 물었습니다. 그러자 로라 부인은 예전에 자신은 지질학 공부를 하고 싶었는데, 가정형편상 대학에 갈 수 없었다고 말했습니다. 교수는 로라 부인에게 다시 공부하는 것이 어떻겠느냐고 제안했고, 격려에 힘입은 그녀는 예순세 살에 대학에 진학해서 오랜 꿈이었던 지질학을 공부할 수 있었습니다.

마침내 그녀는 학위를 받았고 미국의 한 지역 전문대학에서 주민들을 가르치는 일을 하게 되었습니다.

갖가지 변명과 이유들로 포기했던 일들은 어쩌면 내 안의 잠재력을 믿지 못한 채, 작은 결심조차 하지 않아서 못하고 있는 것인지도 모릅니다.

자신만의 속도로 전진하세요

크로스 오버계의 새로운 스타 러셀 왓슨은 특이한 이력의 소유자입니다. 그는 따로 성악을 공부하지 않았지만 실력이 뛰어나서 영미권의 안드레아 보첼리로 불립니다. 러셀 왓슨은 실력 면에서도 안드레아 보첼리만큼 뛰어나지만, 꿈을 결코 포기하지 않은 것도 보첼리와 닮았습니다.

러셀 왓슨은 원래 철강회사를 다니는 평범한 근로자였지만 파바로티 같은 유명한 성악가가 되리란 꿈을 버리지 않고 있었습니다. 그는 정식 음악 교육을 한 번도 받아본 적이 없었지만, 날마다 노래 연습을 게을리 하지 않았습니다.

그의 첫 무대는 회사 근처의 작은 술집이었는데 우연히 클럽을 찾은 매니저에게 발탁되어 꿈에 그리던 가수의 길을 걷게 되었습니다.

그런데 최근 제2의 러셀 왓슨이라 불리는 또 다른 한 사람이 있습니다. 바로 2007년 6월 평범한 사람들이 자신의 장기를 선보이던 영국의 TV 프로그램에 나왔던 폴 포츠입니다. 수려한 말솜씨와 말끔한 외모를 가진 러셀 왓슨에 비해 폴 포츠는 외모도 볼품없었고 말도 어눌한 편이었습니다. 그는 부러진 앞니 때문에 어색한 웃음을 지으며 자신을 서른여섯의 휴대폰 외판원이라고 소개했습니다.

오페라 투란도트 중 〈공주는 잠 못 이루고〉를 부르겠다고 하자 어떤 심사위원은 비웃기까지 했습니다. 하지만 그의 노래가 시작되자 모든 심사위원들과 관객들은 그의 아름다운 목소리에 감동받았고 노래가 끝나자 모두들 환호하며 박수를 쳤습니다.

폴 포츠는 얼마 뒤 데뷔 앨범을 내놓았습니다. 앨범은 나오자마자 영국 UK 차트 1위에 올랐고 3일 만에 8만여 장이 팔렸습니다.

현대판 남자 신데렐라 성공 신화를 이뤄낸 러셀 왓슨과 폴 포츠. 하지만 신데렐라와 다른 게 있다면 그들의 성공이 결코 우연으로 이뤄진 게 아니라는 것입니다. 중요한 것은 철강 노동자였던 러셀 왓슨도 휴대폰 외판원이었던 폴 포츠도, 자신이 현재 가진 직업이나 나이에 상관없이 자신의 꿈을 놓치지 않았다는 것입니다. 정식 교육을 받지 못했다는 것에 주눅들지도 않았고, 그저 한 발 한 발 자신만의 속도로 꿈을 향해 걸어갔던 것입니다.

내가 제일 잘하는 것

인기가 시들어가는 컨트리 음악에 세련된 모던 팝을 접목해 대성공을 거둔 컨트리의 디바 샤니아 트웨인. 그녀는 극복과 좌절의 스토리가 흔한 팝계에서도 유명한 7전 8기의 여인입니다.

그녀는 어린 시절에 지독하게 가난했다고 합니다. 샤니아 트웨인은 오지나 다름없는 캐나다 온타리오 주의 산골 마을에서 태어났는데, 너무 가난했기 때문에 철도 들기 전에 아버지를 따라 나무 심는 일을 해야 했습니다. 게다가 어머니는 심한 알코올 중독자였고 아버지는 자식들과 아내에게 폭력을 일삼았습니다. 트웨인은 술에 취한 어머니와 걸핏하면 소리 지르며 싸우는 아버지를 보며 눈물을 흘려야 했습니다.

그러던 어느 날 아버지는 가출해버렸고 얼마 후 어머니는 재혼을 했습니다. 다행히 양부는 온유한 사람이었고 트웨인을 사랑해 주었습니다. 집은 여전히 가난했지만 오랜만에 평화가 찾아오는 듯했습니다.

하지만 트웨인이 스무 살을 갓 넘긴 1987년, 그녀에게 또다시 불행이 찾아왔습니다. 교통사고로 부모를 동시에 잃은 것입니다. 네 명의 동생을 돌보는 처녀 가장이 된 그녀는 클럽에서 노래를 부르며 돈을 벌었습니다. 그곳에서 그녀는 컨트리 음악에 대한 매력을 느꼈고 솔로로 전향하기로 결심했습니다.

하지만 당시 컨트리 음악은 미국 성인 음악계에서 입지가 좁아져가고 있었습니다. 주위에서는 성공하기가 힘들다는 이유로 컨트리 음악을 하겠다는 그녀를 말렸습니다. 하지만 샤니아 트웨인은 컨트리 음악을 포기하지 않았습니다.

"전 어린 시절부터 가난하게 살아왔어요. 누구보다 돈이 필요하고 성공도 하고 싶은 사람입니다. 하지만 전 컨트리 음악을 제일 잘하고 또 좋아해요. 전 컨트리 음악의 매력을 보여 주고 싶을 뿐이에요."

마침내 그녀는 1993년 데뷔 앨범 〈Shania Twain〉을 발표했습니다. 그녀의 음악은 분명 컨트리였지만 이전의 것과는 달랐습니다. 컨트리 음악에 전혀 관심이 없었던 미국 젊은이는 물론이고 전세계 팝 팬들에게 어필할 수 있는 젊은 감각의 컨트리 음악이었습니다. 결국 그녀의 선택은 옳았습니다.

그 뒤로 발매되는 음반마다 히트를 쳤습니다. 그녀는 팝 역사를 통틀어 일곱번째에 해당하는 놀라운 음반 판매 기록을 세웠고 단세 장의 앨범만으로 팝 역사상 총 40위, 여성 아티스트로서는 7위에 해당하는 음반 판매 기록을 보유하게 되었습니다.

샤니아 트웨인. 그녀가 만일 컨트리 음악을 선택하지 않고 단지 인기를 얻고 돈을 벌기 위해 다른 노래를 불렀다면 지금 같은 성공을 이루진 못했을 것입니다. 내가 가장 하고 싶은 것, 내가 가장 잘하는 것을 선택하는 것, 그것이 바로 성공하는 가장 빠른 지름길입니다.

바로 지금 하세요

19세기 오스트리아 최초의 여성 탐험가인 이다 파이퍼. 그녀의 집은 부유한 편이어서, 어린 시절에는 남자 형제들 틈에서 평등한 교육을 받고 자랄 수 있었습니다. 그러나 아버지가 돌아가시자 어머니는 이다 파이퍼를 요조숙녀로 키우겠다는 결심을 하고 몹시 엄하게 대했습니다. 풀이 죽은 그녀를 지켜보던 가정교사는 종종 그녀를 데리고 여행을 다녔습니다.

그러면서 이다 파이퍼는 차츰 여행의 매력에 빠져들었습니다. 하지만 그녀가 자유롭게 살기에 당시의 현실은 녹록지 않았습니다. 결혼에도 실패한 이다 파이퍼는 우울중에 빠졌습니다.

마흔 살이 되던 해에 숙부가 있는 곳으로 여행을 간 이다 파이퍼는 그곳에서 난생 처음으로 바다를 보았습니다. 그때 그녀는 자신이 해방되는 듯한 느낌을 받았습니다.

1842년 마흔여섯 살이 되던 해, 이다 파이퍼는 큰 결심을 했습니다. 그녀는 유언장을 작성해놓고는 짐 하나를 달랑 들고 여행을 떠났습니다. 그녀는 예루살렘과 이집트, 그리고 이탈리아를 거치는 9개월의 여정을 일기로 기록했습니다. 일기가 여행기로 출간되자 책은 선풍적인 인기를 모았습니다.

그때부터 이다 파이퍼는 용기와 희망을 갖고 전세계를 다니기 시작했습니다. 그녀는 언제나 손수 들고 다닐 수 있는 작은 짐 꾸러미만 가지고 여행을 다녔습니다.

이다 파이퍼는 그렇게 16년간 죽을 때까지 쉬지 않고 전세계를 돌아다녔고, 그 거리는 지구를 여덟 바퀴나 돈 거리와 같았습니다. 그리고 마침내 '베를린 지구과학학회'에서는 그녀를 최초의 여성 회원으로 받아들였습니다.

그녀는 이렇게 말했습니다.

"당신이 여자든 나이가 많든 중요치 않아요. 하고 싶은 일이 있다면 하세요. 지금 말이에요."

제 꿈을 한 번도 잊은 적이 없어요

독일의 작은 마을에서 가난한 목사의 아들로 태어난 하인리히 쉴리만의 가장 큰 기쁨은 아버지의 이야기를 듣는 일이었습니다. 어느 날 그는 아버지에게서 호메로스의 서사시 〈일리아드〉에 나오는 영웅의 이야길 들었습니다. 사람들은 〈일리아드〉에 나오는 이야기가 모두 전설이라고 생각했지만 일곱 살 소년 쉴리만은 트로이의 성이 어딘가에 있을 거라고 생각했습니다.

가난했던 쉴리만은 어릴 때부터 작은 도시의 식품점에서 점원으로 일했고 배의 심부름꾼을 하기도 했습니다. 가난 때문에 열네 살 때까지밖에 학교를 다닐 수 없었지만, 그는 틈나는 대로 영어와 프랑스어, 네덜란드어, 그리스어 등의 외국어를 공부했습니다.

세월이 흘러 쉴리만은 무역회사 사장이 되었습니다. 하지만 그는 자신의 꿈은 아직 이루지 못했다고 말하며 트로이의 성을 찾는 꿈을 포기하지 않았습니다.

백만장자가 된 쉴리만이 마흔여섯 살이 되던 해, 그는 그의 꿈이었던 트로이 성을 찾기 위해 나섰습니다. 그동안 모은 돈을 다 까먹을 거라며 주위 사람들은 쉴리만을 말렸습니다. 더구나 고고학자들은 배움이 짧은 쉴리만을 놀리고 업신여겼습니다. 하지만 그는 아랑곳하지 않았습니다.

마침내 그의 나이 쉰한 살이 되던 해, 수천 년 동안 전설이라 믿어왔던 역사의 현장을 발굴하게 되었습니다. 불타버린 트로이 성과 왕의 보물을 찾고 말겠다던 일곱 살 소년의 꿈과 신념이 인류 역사상 사라질 뻔한 문명의 역사를 밝혀낸 것입니다.

쉴리만은 이렇게 말했습니다.

"아무리 어려운 일이 생겨도 포기할 수 없었어요. 제겐 꿈이 있었고 한 번도 그걸 잊어본 적이 없었으니까요."

예순세 살 중학생의 꿈

올해 예순세 살의 박영선 할머니는 중학교를 다닙니다. 여느 학생들과 다름없이 교복을 단정히 차려입고 하얀색 배낭을 메고 등교합니다. 맨 앞자리에 앉아 수업을 받고, 담임선생님이 "박영선" 하고 출석을 부르면, "네" 하고 큰소리로 대답합니다.

울산시 남목중학교에 재학중인 늦깎이 중학생 박영선 할머니는 교장선생님보다 다섯 살 위고, 같은 반 친구들보다 쉰 살이나 더 많습니다.

박 할머니는 50여 년 전 가정 형편 때문에 학교를 다닐 수 없었습니다. 그래서 초등학교 과정을 검정고시로 마치고 난 후, 자원봉사 선생님의 도움으로 이곳 중학교에 진학했습니다.

처음에는 아무도 박 할머니가 학교를 잘 다닐 거라고 생각하지 못했습니다. 연세도 있고 하니 며칠 다니다 제풀에 꺾이시리라 생각했던 것입니다.

하지만 손자뻘 되는 급우들과 함께 생활하면서 할머니는 반에서 환경미화부장을 맡았고, 학교 금연 동아리에 들어가 청소년의 흡연이 얼마나 해로운가를 알리는 홍보대사 역할도 톡톡히 하고 있습니다.

체육시간에 뜀박질, 구르기를 해도 빠지거나 꼴찌를 하는 법이 없습니다. 음악과 컴퓨터를 잘 못해 자존심이 상했던 경험이 있어서 이번 겨울방학에는 악보 보는 법도 배우고 학원도 다니며 공부했습니다.

친구들은 박 할머니를 '왕언니', '왕누나' 라 부르며 쉬는 시간에는 함께 수다도 떨고 매점에서 군것질도 합니다. 할머니가 학교생활에서 가장 어려운 점은 여느 학생들과 마찬가지로 시험 기간이나 숙제가 많을 때 잠을 쫓는 일이라고 합니다.

무슨 일이든지 늘 좋게, 모든 일이 잘 될 것이라고 생각하는 것이 좌우명이라는 박 할머니는 이렇게 말했습니다.

"나중에 가정 형편이 어려워 공부하기 힘든 아이들을 가르치는 자원봉사를 하고 싶어요. 제 꿈을 이뤘으니 다른 이의 꿈도 마땅히 도와야지요."

인생은 딱 한 번뿐이잖아요

저는 1935년 이탈리아 모데나 교외에서 태어났습니다. 아버진 빵을 굽는 사람이었고 어머닌 공장에서 일하셨습니다. 집은 가난했지만 저희 집은 화목했고 노랫소리가 끊이질 않았습니다.

저는 아버지와 함께 지역에 있는 합창단 활동도 했습니다. 하지만 전 노래보단 친구들과 뛰어놀며 즐길 수 있는 축구가 더 좋았습니다. 더구나 집안 형편이 어려웠기에 성악공부를 하는 건 불가능할 거라고 생각했습니다.

그런데 어느 날 우리 마을에 테너 가수 질리가 공연을 왔습니다. 정말 멋졌답니다. 그때 제 나이 열두 살이었지만, 전 질리의 노래를 듣고 가수가 되고 싶다는 꿈을 갖게 됐습니다.

하지만 그 꿈은 제게 현실적이지 않았습니다. 가난한 집안 형편 때문에 안정적인 직업이 무엇보다 필요했던 저는, 고등학교를 마치고 사범학교에 진학했습니다. 그리고 교단에서 2년 동안 아이들을 가르쳤습니다.

그러던 어느날 실패하든, 성공하든, 내가 하고 싶은 걸 하고 싶다는 생각을 했습니다. 인생은 딱 한 번뿐이잖아요. 그래서 전 교직생활을 그만뒀습니다. 2년 동안 모은 돈으로 노래 배우는 비용을 지불했고, 낮엔 보험회사 세일즈맨으로 일하면서 생활비를 충당했습니다. 밤에는 악보가 너덜너덜해질 정도로 연습했습니다.

그렇게 6년을 노력하고 꿈에도 그리던 독창회를 가졌지만 반응은 기대 이하였습니다. 무대사용료도 지불하기 어려웠습니다. 몇 번 더 공연을 가졌지만, 그때마다 실망스런 반응이었습니다.

그래서 전 한 번 더 공연을 갖은 후, 더이상 음악을 하지 않을 생각이었습니다. 고별 음악회로 생각하며 노랠 불렀는데, 공교롭게도 이날 관객들은 큰 감동을 받은 모양이었습니다. 사람들이 드디어 제 이름을 기억해주었던 것입니다.

저는 그해 성악 콩쿠르 대회에서 우승을 차지했고, 부상으로 오페라 무대에 데뷔할 수 있었습니다. 늦게 시작했다는 불안감이 저를 더욱더 노래에 집중하게 했습니다.

저는 그 뒤 플라시도 도밍고, 호세 카레라스와 함께 세계 3대 테너로 꼽혔습니다. 지휘자 헤르베르트 폰 카라얀과 더불어 가장 대중적 인지도가 높은 클래식 음악가가 되기도 했습니다.

제 이름은 루치아노 파바로티입니다.

〈록키〉의 꿈

　1974년, 무일푼의 초라한 배우 지망생이었던 실버스타 스텔론은 어느 날 무하마드 알리의 권투 시합을 보았습니다. 그는 알리와 맞붙은 한 무명 복서에게서 깊은 인상을 받았고, 그것을 바탕으로 한 편의 시나리오를 썼습니다.

　그는 영화사를 돌아다니며 시나리오를 보여줬지만 매번 거절당했습니다. 그러다 그의 시나리오에 관심을 보인 한 영화사에서 2만 달러에 사겠다고 제안해왔습니다. 매일 매끼를 걱정해야 할 만큼 형편이 어려웠던 실버스타 스텔론에게 2만 달러는 매우 큰 돈이었습니다. 하지만 그에겐 늘 꿈꿔오던 것이 있었습니다.

　"좋습니다. 단 조건이 있어요. 저를 주연으로 캐스팅해주세요."

영화사는 일언지하에 거절했습니다. 그런데 며칠 뒤 영화사는 그를 다시 불렀습니다. 당시 최고 인기 배우였던 로버트 레드포드가 그의 작품에 관심을 보인다며 처음 불렀던 가격의 열 배를 올려 제안해온 것입니다. 스텔론이 다시 거절하자 영화사는 열다섯 배로 가격을 높여 불렀습니다.

'영화배우가 되는 건 잠시 미루고, 일단 돈을 벌어볼까?'

그는 망설였습니다. 그러다 문득 이런 생각이 떠올랐습니다.

'만약 그때 이렇게 했더라면, 이란 생각으로 후회하고 싶진 않아.'

그는 말했습니다.

"내가 주연을 맡지 못한다면 이 시나리오는 절대 영화화되지 못할 겁니다."

그의 고집을 꺾을 수 없었던 영화사는 결국 스텔론을 주연으로 캐스팅했고, 시나리오 작품비와 출연료를 합해 고작 6천 달러를 그에게 주었습니다. 그는 비록 큰돈을 만질 기회를 놓쳤지만 마침내 오랜 꿈을 이루어낸 기쁨이 더 컸습니다.

영화 촬영이 시작되자 실버스타 스텔론은 혼신의 힘을 다했습니다. 누구보다 시나리오의 내용을 잘 알았기에 그는 마치 자신이 실제 주인공인 것처럼 연기할 수 있었습니다.

이렇게 만들어진 영화 〈록키〉는 가장 저렴한 제작비로 만들어졌지만 엄청난 관객을 동원한 것은 물론, 그해 아카데미상을 휩쓸었습니다.

여든네 살 할머니의 비행 조종

미국에 살고 있는 여든네 살의 할머니, 바이올라 플러게. 할머니는 여고생 시절, 비행기를 조종하겠다는 꿈이 있었습니다. 하지만 할머니는 꿈을 이룰 수 없었습니다. 학교를 졸업하자마자 바로 결혼을 했고 네 아이의 엄마로, 아내로 정신없이 살다 보니 비행 조종을 배울 시기를 놓쳐버린 것입니다.

몇 년 전부터 할머니는 젊은 시절의 일들이 더 자주 생생하게 떠오르곤 했습니다. 그래서 가족들과 함께 읽어보려고 자서전을 썼습니다. 아이들을 키우며 행복했던 시절과 남편과의 소소한 일상이 소박한 문체로 표현되어 있었는데, 거기엔 이런 글도 있었습니다.

"그땐 나도 멋지고 당당한 여성 파일럿이 되고 싶었다. 그런데 어쩌다 이렇게 아무것도 못하고 늙어버렸는지. 비행기를 조종하지 못한 건 내 평생 한으로 남았다."

이것을 읽은 할머니의 딸은, 어머니의 여든네 살 생일 선물로 열네 시간짜리 비행 교습권을 선사했습니다.

할머니는 비행 교습권을 들고 망설였습니다. 마음이야 당장 배워보고 싶었지만 혹시나 남들이 늙어서 주책이다, 저 할머니 미쳤구나 하고 빈정대면 어쩌나 하는 걱정이 들었던 것입니다. 하지만 자녀들의 격려에 용기를 얻어, 사우스다코타 수폴스의 비행학교로 달려갔고 드디어 꿈에 그리던 조종을 하게 되었습니다.

물론 할머니는 눈이 침침해서 민간 조종사 자격시험은 통과하지 못했습니다. 하지만 그런 것은 조금도 중요하지 않았습니다. 할머니에게는 드디어 비행기를 조종할 수 있었다는 것, 꿈을 이루었다는 것이 기쁠 뿐이었습니다. 플러게 할머니는 말했습니다.

"조종석에 앉자 난 더이상 여든네 살이 아니었죠. 굽이치는 강을 내려다보며 비행하는 동안 꿈을 꾸던 그 시절, 다시 여고생으로 돌아간 듯한 기분이었습니다. 비록 짧은 조종 경험이었지만 내 평생 이토록 아름답고 강렬한 기분은 처음이었어요."

꿈을 좇지 못한다면

　제 이름은 버트 먼로입니다. 나이는 일흔이 넘었고 50년도 더 된 오토바이를 갖고 있습니다. 이 오토바이를 전 '인디언'이라고 부릅니다. 남들은 그 고물 오토바이를 언제까지 끌고 다닐 거냐고 비아냥거렸지만, 전 이 오랜 친구를 버릴 수 없습니다. 사실 겉모습만 보면 저처럼 볼품없지만 이 친구 실력이 만만찮거든요. 더구나 제가 직접 개조도 했으니 쏟아부은 정성과 사랑도 얼마나 깊은지 모릅니다. 비록 고물 자동차에서 떼어낸 부품으로 피스톤을 제작했고 오토바이 주행용 타이어가 없어서 부엌칼로 타이어를 직접 깎아내 만들었지만 말입니다.

　전 이 오토바이를 끌고 제가 살고 있는 뉴질랜드에서 지구 반대편의 미국 보너빌에 가기로 결심했습니다. 왜냐하면 미국 보너빌에서 '1000cc 이하 오토바이 경주대회'가 있거든요. 사람들은 제게 몸도 안 좋고 나이도 많은데 그냥 남들처럼 편히 집에서 쉬지, 왜 그런 고물 오토바이를 끌고 미국까지 가냐고 물었습니다. 전 대답했습니다.

"꿈을 끝까지 좇지 못한다면, 식물인간이나 다를 바 없습니다."

물론 사람들이 걱정하는 이유도 알고 있습니다. 낡은 오토바이도 문제지만 제 건강도 썩 좋지는 않거든요. 나이가 드니 젊은 시절에 쌩쌩했던 몸도 하나둘 고장을 일으켰습니다. 신장에 문제가 생겨 소변을 볼 때마다 늘 불편함이 있었습니다.

하지만 전 미국 보너빌을 향해 떠났습니다. 단 5분만이라도 오토바이를 탄 채 전력을 다하는 나의 꿈을 이루는 것이, 다른 사람들이 평생을 편하게 사는 것보다 더 의미 있다고 생각했기 때문입니다.

그리고 마침내 대회에 참가할 수 있었습니다. 경기 시작을 알리는 총포 소리와 함께 전력 질주를 했습니다. 가슴을 때리는 바람, 귓가를 울리는 오토바이 엔진 소리가 아무리 크다 할지라도 제 가슴속에서 뛰는 심장 소리엔 미치지 못했습니다.

마침내 전 결승점을 넘어섰습니다. 그리고 전 제가 꿈을 이뤘고 게다가 새로운 기록까지 세웠다는 사실도 알게 되었습니다. 그건 일흔이 넘은 저와 50년도 더 된 제 오토바이가 세운 기록이었습니다. 그리고 1967년 그날 경기에서 세운 기록은 아직까지 깨지지 않고 있다고 합니다.

딱 한 곡만 지휘하는 마에스트로

  딱 한 곡의 교향곡만 지휘하는 지휘자이자 사업가 길버트 카플란. 그는 정규 음악 교육을 받지 않았지만 전문 지휘자로 명성을 떨치고 있습니다.

  그가 금융 전문 잡지 〈인스티튜셔널 인베스터Institutional Investor〉를 창간하기 2년 전인 1965년, 경영대학원에 다니던 스물세 살의 길버트 카플란은 아메리칸 심포니 오케스트라가 연주한 말러의 교향곡 제2번 〈부활〉을 처음 듣게 되었습니다. 음악을 듣는 순간 그는 번개가 몸을 관통하는 듯한 경험을 했습니다.

  그때 그는 교향곡 〈부활〉을 직접 지휘하고 싶다는 강한 열망을 품었습니다. 하지만 카플란은 학교를 졸업하고 금융인으로 사회

생활을 시작했습니다. 그리고 2년 뒤, 〈인스티튜셔널 인베스터〉를 창간하고 150개 국에서 14만 부 이상 팔며 경영인으로 성공을 거두었습니다.

하지만 그는 거기서 멈추지 않았습니다. 젊은 시절 품었던 꿈을 이루고자 나이 마흔에 지휘 레슨을 받기 시작했습니다. 그는 이른 새벽에 출근해 회사 일을 마친 후, 매일 다섯 시간씩 지휘법을 공부하며 음악에 대해 하나씩 배워나갔습니다. 결국 그는 1982년 개인 콘서트를 통해 말러의 〈부활〉을 지휘했습니다.

"나는 두 가지 부끄러움 가운데 하나를 선택했어요. 하나는 아마추어로서 남들 앞에서 지휘했을 때 느낄 부끄러움이고, 나머지는 내가 지휘하지 않았을 때 평생 후회하게 될 부끄러움이었지요. 나는 전자를 택했을 뿐이에요."

오직 한 가지 음악을 가다듬은 그의 지휘는 전문가들에게서 작곡가의 뜻을 충실하게 재현했다는 평가를 받았습니다.

이후 그는 오직 말러 교향곡 제2번 〈부활〉만을 지휘하며 세계 31개 오케스트라와 50회가 넘는 공연을 여는 기록을 세웠습니다. 1987년에는 런던 심포니와 음반까지 냈고, 이 음반은 뉴욕타임스의 '올해의 음반'에 선정됨으로써 지금까지 나온 〈부활〉 음반 가운데 가장 많이 팔린 음반으로 기록되었습니다. 2003년엔 말러의 고향 빈에서 빈 필하모닉 오케스트라와 다시 녹음해 화제가 되기도 했습니다.

젊은 시절 자신의 꿈을 이루기 위해 늦은 나이에도 포기하지 않고 끊임없이 노력했던 길버트 카플란은 이렇게 말했습니다.

"많은 사람들은 뭔가를 시작하면 꼭 끝을 봐야 한다고 생각하니까 아예 시도조차 안 하는 것 같아요. 상황이 어떻든 나이가 몇 살이든 일단 시작해보세요. 서두르지 않고 한 걸음씩 내딛는 것, 그게 중요합니다."

말러 교향곡 2번에 있어서는 세계 최고로 인정받는 지휘자, 길버트 카플란. 그의 성공 비결은 시작할 수 있었던 '용기' 오직 그것 하나였습니다.

꿈 노트를 준비하세요

미국 미시간 주의 성 요셉 보육원에 토마스 모나한이라는 소년이 들어왔습니다. 그는 늘 얼굴을 찌푸리고 다녔습니다. 자신의 운명에 대해 비관하며 너무 이른 나이부터 절망하는 법부터 배운 것입니다.

토마스는 늘 보육원의 다른 아이들과 싸웠습니다. 그러다 보니 그에겐 친구도 없었고 선생님들도 그를 문제아로만 여겼습니다. 하지만 딱 한 사람, 베라다 선생님만은 그런 토마스를 따뜻하게 격려했습니다.

"토마스, 넌 꿈이 뭐니?"

토마스는 대답했습니다.

"꿈이요? 전 그런 거 없어요."

"넌 큰 인물이 될 것 같아. 선생님은 네 모습을 보고 알겠던걸.

싸움을 잘하는 걸 보면 넌 승부욕도 강하고 말야. 한번 생각해봐. 네가 잘하고 좋아하는 게 뭔지. 그리고 네가 생각할 수 있는 것보다 더 크게 꿈을 그려봐. 꼭 이룰 수 있을 거야."

토마스는 이런 베라다 선생님의 말을 귀 기울여 듣지 않았습니다. 그의 행동에는 여전히 변화가 없었고 결국 보육원에서 쫓겨났습니다. 그 뒤 토마스는 피자 가게에 취직했습니다. 어려운 환경에 놓이자 그의 머릿속에서 자꾸 베라다 선생님이 꿈을 꾸라고 했던 말이 떠올랐습니다.

피자 가게에서 일하던 토마스는 자신에게 재주가 하나 있다는 걸 발견했습니다. 바로 피자 한 판을 11초에 반죽하는 기술이었습니다. 그는 난생 처음으로 피자 가게 주인이 되고 싶다는 꿈을 꾸게 되었습니다. 매일 쥐꼬리만 한 월급을 받던 그에게 그 꿈은 불가능해보이기만 했습니다.

하지만 후에 토마스 모나한은 피자 가게 주인이 되었고, 차츰 가게 규모가 커지면서 미국에서 두번째로 큰 피자 체인점의 사장이 되었습니다. 그는 현재 피자 사업을 통해 벌어들인 돈으로 미국 프로야구 명문구단인 디트로이트를 운영하며, 수많은 청소년들에게 장학금을 지급하고 있습니다. 베라다 선생님의 가르침을 아직 아무 꿈도 꾸지 못한 아이들에게도 전해주고 싶었던 것입니다.

CBS 음악 FM
93.9 MHz

3부
성공 비결 따라잡기

손에 잡힐 듯 선명한
목표를 갖는 것이 중요합니다

평범한 성공은 벌하라

IBM 설립자이자 40년간 이 조직의 정신적 지주였던 톰 왓슨에게 한번은 이런 일이 있었습니다. 한 젊은 부사장이 매우 모험적인 신제품 개발 계획을 세웠습니다. 톰 왓슨이 사업의 성공 여부에 대해 묻자 부사장은 말했습니다.

"이 사업은 꼭 성공합니다. 위험 부담이 큰 사업일수록 큰 수익을 올릴 가능성이 높으니까요."

그러나 신제품 개발 사업은 실패하고 말았습니다. 더구나 회사에 1천만 달러 이상의 손해를 입혔습니다. 젊은 부사장은 초췌한 모습으로 나타나 톰 왓슨에게 사표를 제출했습니다.

"회사에 막대한 손해를 끼친 책임을 느껴 사직서를 제출합니다."

그러자 톰 왓슨이 정색을 하며 말했습니다.

"무슨 소린가. 난 자네를 교육하는 데 무려 천만 달러를 들였는데……. 다시 시작하게."

사장의 격려에 고무된 부사장은 다시 한번 도전을 했고, 신제품 개발에 성공해 천만 달러의 손해를 뛰어넘고도 배가 넘는 이익을 남길 수 있었습니다.

뛰어난 리더일수록 "실수란 일을 해나가는 여러 방법 중 하나에 불과하다"고 생각합니다.

미국의 경영학자 톰 피터스는 이렇게 말했습니다.

"눈부신 실패에는 포상을 내린다. 그러나 평범한 성공은 벌하라."

또 피터 드러커는 말했습니다.

"뛰어난 사람일수록 잘못이 많습니다. 그만큼 새로운 것을 시도하기 때문이죠. 한 번도 잘못을 해본 적이 없는 사람, 그것도 큰 잘못을 저질러본 적이 없는 사람을 윗자리에 앉게 해서는 안 됩니다."

뒤집고, 거스르고, 깨뜨려라

　의과 대학생이었던 폴 리드커는 장차 의사가 될 다른 친구들처럼 의학공부를 하지 않았습니다. 대신 그는 가구 디자인을 공부했습니다.

　이유가 있었습니다. 남은 일평생 생물학과 과학을 배우게 될 걸 알았기에 대학에선 다른 공부를 해야겠다는 생각 때문이었습니다.

　후에 그는 '가구 다자인을 할 줄 아는' 심장병 전문의가 되었고 늘 남들과 다르게 생각하길 좋아했습니다. 상식처럼 통용되던 의학 결과에 대해서도 반문하고 다시 연구해보곤 했습니다.

　당시 심장 발작의 주요 원인은 혈액 속 높은 콜레스테롤 수치 때문이라고 생각하던 게 통념이었습니다. 하지만 리드커는 환자

절반이 콜레스테롤 수치가 정상이라는 사실에 주목하면서, 다른 이유를 알아내기로 결심했습니다. 많은 자료를 검토하고 연구를 하면서, 그는 동맥 감염이 그 원인이 될 수 있다는 이론을 세웠습니다.

다른 의사들은 그의 연구에 대해 일단 반대부터 했습니다. 그동안 콜레스테롤 수치가 심장 발작의 주요 원인이라는 건 상식에 가까운 이론이었기에, 리드커가 밝힌 원인은 아주 미약한 수준의 것이라고 일축했던 겁니다.

하지만 리드커의 이론을 뒷받침할 물질이 발견되면서, 심장병에 대한 연구는 새롭게 진행됐습니다. 그 물질을 찾아내는 건 콜레스테롤 수치를 검사하는 것보다 안전하고 비용도 적게 들었습니다.

예전엔 심장 발작으로 사망할 가능성이 높은 사람들의 절반이 미리 진단받을 좋은 방법이 없었지만, 리드커의 발견 이후 모든 것이 달라지게 된 겁니다.

경제학자 존 메이나드 케인스는 "어려움은 새로운 아이디어를 개발하는 것이 아니라 옛것으로부터 벗어나는 데 있다"고 했습니다.

상식을 뒤집어 보고 관행을 거슬러 보고 통념을 깨뜨려 보는 데서 새로운 가능성은 열릴 수 있습니다.

배려가 성공을 부른다

비바람이 몰아치는 어느 늦은 밤 미국의 한 지방 호텔에 노부부가 들어왔습니다.

"예약은 안 했지만 혹시 방이 있을까요?"

호텔 직원은 방이 없다고 말했습니다. 그는 다른 호텔에도 연락을 해보았지만 그곳도 방이 없기는 마찬가지였습니다. 밖은 비가 너무 많이 쏟아졌고 시간은 이미 새벽 한 시가 넘어 있었습니다.

노부부는 여러 호텔을 전전하며 다니느라 지쳐 보였습니다. 사정이 딱해 보였던 노부부에게 직원은 말했습니다.

"객실은 없습니다만, 폭우가 내리치는데 차마 나가시라고 할 수 없네요. 괜찮으시다면 누추하지만 제 방에서 주무시겠어요?"

그러면서 직원은 기꺼이 자신의 방을 그 노부부에게 제공했습니다. 직원의 방에서 하룻밤을 묵고 아침을 맞이한 노인이 말했습니다.

"어젠 너무 피곤했는데 덕분에 잘 묵고 갑니다. 당신이야말로 제일 좋은 호텔의 사장이 되어야 할 분이네요. 언젠가 제가 집으로 초대하면 꼭 응해주세요."

직원은 객실의 다른 손님들에게 한 것과 마찬가지로 노부부를 정중히 배웅해주었습니다.

2년 후 그 호텔 직원에게 편지 한 통과 함께 뉴욕행 왕복 비행기표가 배달되었습니다. 2년 전 자신의 방에 묵게 했던 노부부가 보내온 것이었습니다.

그는 노인의 초청을 받아들여 뉴욕으로 갔습니다. 노인은 그를 반기더니 뉴욕 중심가에 우뚝 서 있는 한 호텔을 가리키며 말했습니다.

"저 호텔이 마음에 드나요?"

그는 너무도 화려하고 아름다운 호텔을 바라보았습니다. 뉴욕에 있는 동안 좋은 호텔에 묵게 해주려는 노인의 배려라는 생각이 들었습니다.

"정말 아름답네요. 그런데 저런 고급 호텔은 너무 비쌀 것 같군요. 조금 더 저렴한 곳으로 알아볼게요."

그러자 노인이 말했습니다.

"걱정 마세요. 저 호텔은 당신이 경영하도록 내가 지은 겁니다."

　변두리 작은 호텔의 평범한 직원이었던 조지 볼트는 그렇게 노부부에게 했던 마음 따뜻한 배려를 통해서 미국의 최고급 호텔 '월도프 아스토리아'의 사장이 되었습니다.

딱 한 가지만 더 생각하세요

한 고객 서비스 컨설턴트가 식료품 상점 직원을 교육하면서 이렇게 말했습니다.

"하나를 더 생각해보세요. 자신이 할 수 있는 방법으로, 고객에게 만족을 주기 위해 무엇을 더 해야 할지 생각하고 실천해보십시오."

직원들은 그저 또 하는 이야기려니 싶어서 대부분 흘려들었습니다. 하지만 딱 한 명, 지적 장애를 갖고 있던 포장 직원 조니는 그렇지 않았습니다.

그리고 얼마 후 관리인은 매장을 둘러보다가 손님들이 조니의 줄에만 서려 하는 걸 보았고 그 이유를 알아냈습니다.

조니는 그동안 좋은 글귀를 모아왔는데, 고객에게 하나 더 선물해야 한다면 그 명언을 주는 게 좋다고 생각했던 것입니다. 그 래서 그는 글귀를 출력한 뒤 접은 다음 손님들에게 하나씩 고르게 하고 물건과 함께 글귀를 적은 종이를 넣어 포장했습니다.

"손님, 포장 안에 들어 있는 '오늘의 명언' 이 좋은 하루를 만드는 데 도움이 되었으면 좋겠어요"라며 인사했던 것입니다.

또다른 사람으로 미국의 노먼 워터라는 그림 수집가가 있었습니다. 그는 어느날 이런 생각을 하게 됐습니다. '왜 유명한 작품만을 수집해야 하는 걸까? 버려진 그림, 평가를 못 받은 그림을 수집하면 어떨까?'

그때부터 그는 형편없다고 사람들이 거들떠보지 않는 그림만을 모으기 시작했습니다. 기준은 있었습니다. 유명 화가의 작품이라면 평이 가장 나빴던 작품이어야 하고, 또 5달러 미만의 무명 화가가 그린 그림이어야 한다는 것이었습니다.

그리고 얼마 후 그는 '버려진' 그림 전시회를 열었습니다. 전시의 목적은 그림 감별력을 길러주고 명화의 진정한 가치를 깨닫게 하는 기회를 제공한다는 것이었습니다.

성공하리라 예상치 못했던 이 전시회는 개막하자마자 수많은 관람객들이 모여들었고, 세계적으로도 유명한 전시회가 되었습니다.

이렇듯 자신이 할 수 있는 딱 한 가지를 더 생각하는 것, 그것은 어떻게 보면 남들이 미처 생각지 못했던 것, 불필요하게 여기는 것에서 소중함을 끌어내는 것과 같습니다.

핸디캡을 장점으로 바꾸세요

제너럴 일렉트릭의 회장인 잭 웰치는 어린 시절에 말을 더듬는 버릇이 있었습니다. 그의 어머니는 아들에게 말했습니다.

"전혀 걱정할 게 없어. 그건 네가 너무나 똑똑하기 때문이야. 어느 누구의 혀도 네 똑똑한 머리를 따라올 수 없을 거야"

이렇게 말해주는 어머니 덕에 잭 웰치 회장은 어디에서든 당당할 수 있었습니다.

자신의 분야에서 성공한 사람들을 보면 장점은 물론, 핸디캡마저 플러스 요인으로 삼곤 합니다.

항공사 제트블루의 CEO인 데이비드 닐먼도 마찬가지입니다.

사실 그는 아주 심각한 주의력 결핍 과잉행동장애 환자였습니다. 이 증후군을 가진 사람들은 매우 부주의하고 산만하며 모든 일에 불안증상을 보이는데, 그도 역시 마찬가지였습니다. 학창시절부터 그를 아는 사람들은 말했습니다.

"데이비드는 심각하게 덤벙대는 아이예요. 정말이지 잠시도 가만 있지 못한다니까요."

하지만 닐먼은 자신의 병적인 산만함에도 장점이 있다는 걸 발견했습니다. 일반인에 비해 다양한 시각으로 사물을 볼 줄 알고 특별한 창의력으로 늘 새로운 것을 생각해낸다는 것이었습니다.

다방면으로 뻗친 관심은 역동적인 에너지를 만들었습니다. 그는 억지로 차분해지려고 노력하지 않고 있는 그대로 받아들였습니다.

회사 업무에서도 성격대로 여기저기 다양한 작업을 해냈습니다. 사무실에서 근무를 하다가도 어느 순간 공항으로 달려가 승객들에게 인사를 하는가 하면, 비행기를 청소하고 다시 돌아와 회의를 주재했습니다. 동에 번쩍 서에 번쩍, 산만한 CEO의 지치지 않는 활약 덕분에 제트블루는 미국에서 가장 혁신적이고 우수한 회사로 인정받을 수 있었습니다.

몇 년 전, 한 방송 인터뷰에서 데이비드 닐먼은 이렇게 말했습니다.

"일을 대할 때마다 새로운 기분으로 달려들 수 있었기 때문일까요. 나는 짧은 시간 안에 성공을 거뒀습니다. 그래서 나는 내 질병이 장애가 아니라 보물이란 생각을 한답니다."

웃음의 힘

'길 위의 철학자'라 불렸던 에릭 호퍼는 부두 노동자이면서 철학자로 1960년대 미국 사회에 큰 반향을 불러일으켰던 사상가이자 철학자입니다. 평생 떠돌이 노동자 생활을 했던 그는, 사회의 가장 낮은 곳에서 독서와 사색만으로 독자적인 사상을 구축하며 세계적인 사상가 반열에 오른 이채로운 이력을 가지고 있습니다.

81세로 사망하기 전까지 그는 10여 권의 사회철학서를 저술하고 한 권의 자서전을 남겼습니다. 일곱 살 때 시력을 잃은 그는 열다섯 살 때 간신히 시력을 회복했고, 그때부터 닥치는 대로 책을 읽었습니다. 이유는 단 하나, 또다시 시력을 잃을지도 모른다는 생각 때문이었습니다.

열여덟 살 때 고아가 되었고 가난에 시달리며 정규 교육을 받지 못한 채 평생 하층민 생활을 할 수밖에 없었지만, 호퍼는 결코 자기 연민에 빠지지 않았고 낙관적인 태도로 일관했습니다.

그런 그가 어느 날 일용직 자리를 찾기 위해 LA의 한 무료 직업소개소를 찾았습니다. 당시 경제는 불황이어서 하루에 고작 한두 명 정도만 일자리를 구할 수 있었습니다. 5백 명이 넘는 일용직 지망자들이 모인 가운데서 일자리를 얻는 것은 아주 힘들었습니다.

며칠 동안 일자리를 얻을 수 없었던 호퍼는 일을 얻는 사람들을 유심히 관찰하고는 한 가지 공통점을 발견했습니다. 그들 모두 활짝 웃고 있었던 것입니다. 다음날 호퍼는 아침 일찍 나와 어깨를 펴고 고개를 든 채 활짝 웃고 서 있었습니다. 그러자 면접관이 호퍼를 가리키며 일자리를 주었습니다. 호퍼는 그렇게 웃음으로 일자리를 얻을 수 있었습니다.

미국의 심리학자 쉐드 햄스테드는 사람들은 대체적으로 하루에 5만 개가 넘는 생각을 하는데, 그 가운데 75퍼센트는 부정적인 생각이라고 했습니다. 그리고 이를 대체할 수 있는 유일한 방법은 웃음이라고 말했습니다. 또한 스탕달은 웃음은 행복의 보증수표라고 말하기도 했습니다.

웃음은 직장을 얻거나 성공하게 하는 도구가 되기도 하지만 인생을 행복하게 살 수 있는 유일한 방법이 되기도 합니다.

일하는 자세가 미래를 바꾼다

미국 서부의 철도회사 사장으로 부임한 앤더슨의 리무진에서 한 늙은 인부가 내렸습니다. 이를 본 신참은 늙은 인부에게 물었습니다.

"왜 사장 차에서 내리나요?"

그러자 인부는 말했습니다.

"20년 전 사장과 난 철도 도랑 파는 일을 같이 했던 친구였거든."

그러자 신참은 웃으며 짓궂게 물었습니다.

"그런데 선배는 왜 아직도 여기서 도랑 파는 일을 하고 있나요? 동기는 사장이 됐는데."

"나도 이제야 그 이유를 알았어. 난 그때 시간당 몇 푼을 벌려고 일을 했던 거고, 앤더슨은 꿈을 이루기 위해 일을 했더라고."

이렇듯 일하는 이유가 두 사람의 미래를 바꾸어놓은 것입니다.

미국의 스탠더드 석유 회사의 직원 애치볼드의 일화도 일하는 이유가 달랐을 때 어떤 결과를 가져오는지를 잘 보여줍니다.

애치볼드의 별명은 '한 통에 4달러'였습니다. 그는 출장지의 호텔 숙박부에 사인을 할 때면, 늘 '한 통에 4달러 스탠더드 석유 회삽니다'란 문구를 써놓곤 했습니다. 다른 동료들은 그가 어리석다고 놀렸지만 애치볼드는 자신의 노력이 쌓여 회사에 큰 도움이 될 거라 생각했습니다.

어느 날 캘리포니아의 한 작은 마을로 출장을 갔을 때에도 애치볼드는 숙박부에 '한 통에 4달러 스탠더드 석유회사'란 말을 적어놓았습니다. 그때 뒤에 서서 숙박부 작성을 기다리던 한 남자가 애치볼드에게 물었습니다.

"그런 걸 왜 적습니까? 회사에서 그러라고 시킵니까?"

"아니에요. 우리 회사를 조금이라도 더 많은 사람들에게 알리고 싶어서 그래요. 혹시 석유가 필요하면 이걸 보고 종업원들이라도 우리 회사의 석유를 시킬지도 모르잖아요."

그로부터 한 달 뒤, 애치볼드는 록펠러의 초청을 받았습니다. 영문을 모르고 록펠러를 만난 애치볼드는 깜짝 놀랐습니다. 캘리포니아에서 만났던 남자가 바로 록펠러였던 것입니다.

"당신처럼 일에 열중하는 사원과 함께 일하고 싶어요."

그 후 애치볼드는 록펠러의 뒤를 잇는 석유왕이 되었습니다.

목표에 도달하는 법

1952년 7월 4일 플로렌스 체드윅은 영국해협 횡단에 나섰습니다. 여성으로서 이 같은 도전은 정말 역사적인 사건이었습니다.

플로렌스는 짙은 안개가 깔린 바다에서 수영을 시작했습니다. 당시 100만 명이 넘는 시청자들이 텔레비전으로 그녀를 지켜보았습니다. 그러나 그녀는 끊임없이 몰려오는 차가운 파도에 맞서지 못한 채 중간에 포기하고 말았습니다. 그녀를 지켜보던 영국 국민들의 실망은 이루 말할 수 없이 컸습니다.

그리고 두 달 뒤 플로렌스는 재도전에 나섰습니다. 이 날 기후는 먼젓번보다 더 안 좋았습니다. 안개는 더욱 짙었고 바닷물은 더욱 차가웠습니다. 파도는 끊임없이 몰려왔고 상어떼까지 출몰해서 호위하던 보트에서 총을 쏘아 쫓아내야 했습니다. 누구도 그녀가 성공하리라 기대하지 않았고, 오히려 좀더 훈련 기간을 두지 않고 두 달 만에 다시 도전에 나선 그녀를 비난하기도 했습니다.

그러나 플로렌스는 이날, 남자가 세웠던 종단 기록보다 두 시간이나 단축하며 영국해협 횡단에 성공했습니다. 플로렌스는 말했습니다.

"제가 첫 도전에서 실패한 이유는 추위도 피로감 탓도 아니었어요. 도달해야 할 목표가 짙은 안개 때문에 보이지 않는 데서 오는 절망감 때문이라는 사실을 깨달았죠. 그래서 전 두번째 도전에 앞서 제가 도착해야 할 프랑스 연안을 다녀왔답니다."

그녀는 자신이 도착할 장소에 가서 해변의 모습과 마을의 냄새, 사람들의 표정까지 모두 마음에 담아두었습니다. 그리고 해협을 건너는 내내 도착할 해안의 모습을 그리며 한치 앞도 볼 수 없는 두려움을 이겨냈고 도착할 마을의 풍경을 떠올리며 이제 곧 고지가 멀지 않았구나, 하고 힘을 냈던 것입니다.

우리가 가야 할 곳이 어디인지, 그곳에 무엇이 기다리고 있는지 손에 잡힐 듯 선명한 목표를 갖는 것이 중요합니다. 그것이 바로 마치 자석처럼 우리를 목표에 도달하게 해줍니다.

인생의 목표를 글로 기록하라

곤충학자 장 앙리 파브르는 날벌레들의 생태를 관찰하면서 아주 중요한 사실을 하나를 발견했습니다. 날벌레들이 아무 목적 없이, 그저 앞에 날고 있는 놈만 따라 빙빙 난다는 것입니다. 그러니까 자기 앞에 있는 벌레가 돌면 따라 돌고, 날아오르면 그냥 무턱대고 따라 난다는 것입니다.

이 날벌레들은 바로 앞에 통로가 있어도 바로 밑에 먹이를 놓아두어도 거들떠보지 않고 계속 돌기만 한다고 합니다. 그렇게 무턱대고 목적 없이 7일 간 돌다가 결국엔 굶어 죽습니다.

이와 비슷한 예는 우리 주위에서도 볼 수 있습니다. 미국 양로원 노인들의 사망률을 보면 생일이나 공휴일 이후에 급증합니다. 대부분 그날을 목표로 멋지게 보낼 계획을 세우지만, 막상 그 목표가 달성되고 나면 삶의 의지가 약해지기 때문입니다.

대부분의 사람들은 살아가는 데 목표를 정하는 게 중요하다는 사실을 알고는 있지만, 실천하는 사람은 그리 많지 않습니다. 한 통계자료를 보면 아무런 목표도 없이 파브르가 관찰했던 날벌레와 같은 모습으로 살아가는 사람이 인류의 87퍼센트에 이릅니다.

성공한 사람들의 가장 큰 특징 가운데 하나는 '자신의 목표를 종이 한 장에 적은 것'이라고 말하는 사람도 있습니다. 자신의 목표를 적은 사람과 그렇지 않은 사람은 시간이 지나면서 극명하게 다른 길을 간다는 것입니다. 더 나아가 이런 목표를 적기만 하는 게 아니라 매일 시간이 날 때마다 들여다보고, 상황에 맞추어 계속 수정·보완해나간 사람이 상위 레벨 1퍼센트에 든다는 연구 보고도 있습니다.

미국의 유명한 경영컨설턴트 존 맥스웰은 이렇게 말했습니다.

"우리 중 약 95퍼센트의 사람은 자신의 인생 목표를 글로 기록한 적이 없다. 그러나 글로 기록한 적이 있는 5퍼센트의 사람들 중 95퍼센트가 자신의 목표를 성취했다."

나를 믿어도 됩니다

　'백화점의 하루 매상 중 80퍼센트는 그 백화점의 단골인 20퍼센트의 손님이 올린다. 걸려오는 전화의 80퍼센트는 전화를 자주 하는 20퍼센트에게서 걸려온다. 토지의 80퍼센트는 인구의 20퍼센트가 차지하고 있다.'

　결과물의 80퍼센트는 조직의 20퍼센트에 의해 생산된다는 '파레토의 법칙'입니다.

　바로 이 20대 80의 법칙을 발견해낸 이탈리아의 유명한 경제학자인 파레토는 젊은 시절, 직장을 수차례 바꾸었습니다. 하지만 그때마다 그는 고위급 간부직을 맡았습니다. 어떤 업종에서든 그는 재능을 발휘했고 그가 사직서를 제출할 때마다 사장은 어떻게든 그를 붙잡으려 설득하며 애썼다고 합니다.

이런 파레토를 지켜보던 친구가 물었습니다.

"자넨 어디를 가든 어떻게 그렇게 인정받을 수 있나? 무슨 비결이라도 있는가?"

그러자 파레토가 대답했습니다.

"누구는 열심히 노력해서 또 어떤 사람은 운이 좋아 성공하지. 하지만 난 신뢰를 얻기 때문에 인정받고 성공한 게 아닌가 싶어. 누구나 신뢰를 얻으면 능력 이상의 것을 발휘할 수 있게 되거든."

그러자 친구는 고개를 갸웃거렸습니다.

"만일 사람들이 자네를 신뢰하지 않으면 그땐 어떻게 할 텐가?"

그러자 파레토는 명쾌하게 말했습니다.

"그럴 땐 이렇게 말하면 된다네. '나를 믿어도 됩니다' 또는 '난 신뢰할 만한 사람입니다' 라고 말일세. 이렇게 말만 해도 신뢰를 얻을 수 있다네. 대부분의 사람들은 말하지 않고도 상대방이 알아차려주길 바라지만, 그건 정말 어려운 일이야. 자신이 어떤 사람이란 걸 말하는 것만으로도 자신에 대한 다른 사람들의 견해를 변화시킬 수 있다네. 그게 바로 말이 힘이기도 하지."

자기 PR을 하라

　자기 PR의 시대라고 합니다. 상품을 잘 팔기 위해서, 기업이나 개인 이미지를 높이기 위해서, 또 인간관계를 잘 맺고 유지하기 위해서도 효과적인 자기 PR이 필요합니다.

　일본의 저명한 광고인 아마노 유키치는 "인간은 식욕, 성욕, 자기 PR욕을 가진 존재다"라고 말하며 자기 PR만이 성공을 더욱 확고하게 만든다고 주장합니다.

　존 F. 케네디 대통령의 아버지인 조지프 역시 자식들에게 "중요한 것은 네가 누구냐가 아니다. 다른 사람들이 너를 어떻게 생각하느냐 하는 것이다"라고 말했습니다.

　뛰어난 재능이나 실력을 갖고 있으면서도 자기 PR 능력이 부족해서 제대로 된 평가를 받지 못하는 경우도 많습니다.

현대 미술의 거장으로 꼽히고 있는 피카소. 그 역시 단순히 그림만 그리면서 누군가 자신을 알아주기만을 기다렸던 건 아니었습니다.

피카소는 청년 시절, 파리에서 무명으로 활동하며 어려운 생활을 하고 있었습니다. 누구도 그의 그림을 보려고도, 사려고도 하지 않았습니다.

날이 갈수록 지쳐가던 피카소는 얼마 남지 않은 돈으로 파리를 떠나느냐 아니면 구걸을 하느냐의 기로에 섰습니다. 하지만 피카소는 마지막 승부수를 던지기로 마음먹었습니다. 그는 남은 돈으로 잘 차려입은 대학생 몇 명을 고용했고, 매일 파리 시내의 화랑들을 돌게 하면서 화랑 주인에게 이런 질문을 던지게 했습니다.

"여기 피카소의 그림이 있습니까?"

"피카소의 그림은 어디 가야 살 수 있죠?"

"피카소는 언제 파리에 옵니까?"

그렇게 한 달쯤 지나자 파리 시내 화랑 주인들은 처음엔 낯설었던 이름 '피카소'를 알게 되었고 그에 대해 궁금해하기 시작했습니다. 곧 이어 그들은 피카소의 그림을 구하고 싶어했고, 피카소의 파리 방문을 손꼽아 기다렸습니다.

얼마 후 피카소는 자신의 그림을 들고 파리의 화랑을 찾아 갔습니다. 그러자 화랑 주인들은 다투어 피카소의 그림을 사갔습니다. 결국 화랑마다 전시된 피카소의 작품들은 잘 팔려나갔고 그의 이름 또한 유명해졌습니다.

하지 않고도 잘할 수는 없다

올해 나이 66세의 리 트레비노. 그를 가리켜 골프 황제 잭 니클러스는 "벤 호건과 함께 골프 역사상 가장 볼을 잘 치는 사람"이라 했고, 닉 프라이스는 "역사상 최고의 골프 일인자"라고 평했습니다.

그러나 미국의 프로 골프 선수인 리 트레비노는 매우 불우한 어린 시절을 보냈습니다. 엄마는 청소부였고 할아버지는 묘지를 파는 일꾼으로, 그는 텍사스 댈러스의 방 하나짜리 판잣집에서 자랐습니다. 아버지 없이 자란 그는 골프장에서 일을 하며 어깨 너머로 골프를 배우다 프로로 데뷔했습니다.

28세의 나이로 그는 미국 오픈 골프 선수권 대회에서 5위를 차지했습니다. 여세를 몰아 세계 최초로 미국 오픈, 영국 오픈, 캐나다 오픈 등 세 개 대회의 우승을 휩쓰는 등 많은 대회를 연달아 석권하며 1981년에 세계 골프 명예의 전당에 이름을 올렸습니다.

어느 날 리가 토크쇼에 출연했을 때 사회자가 물었습니다.

"당신은 누가 봐도 훌륭한 골프 선수입니다. 이렇게 좋은 성적을 거둘 수 있었던 비결이라도 있나요?"

리가 대답했습니다.

"골프는 제 인생이거든요. 승리한 다음날 아침, 저는 곧장 골프 코스로 돌아가서 스윙 연습을 350번 정도 합니다. 그리고 또 하나 중요한 비결이 있다면요……."

그는 뜸을 들이더니 말을 이었습니다.

"간단해요. 골프를 계속 치니까 잘하는 겁니다."

번개에 감전되는 사고를 당하고도 세 번의 디스크 수술을 받은 후에도 화려한 은퇴식을 거부한 트레비노는 시니어 투어인 챔피언 투어에 다시 합류할 계획이라고 밝혔습니다.

혹시 지금 이룬 작은 성취에 안주하거나 그저 잘되기를 바라기만 하지는 않았나요? 명심하세요. 하지 않고도 잘할 수 있는 방법은 없습니다.

혁신의 비밀

1960년대 초 진 클라우드 킬리는 프랑스의 국가 스키 팀을 창단했습니다. 그는 아주 의욕적으로 열심히 훈련을 했습니다. 동트기가 무섭게 스키를 신고 슬로프를 달렸고, 저녁에는 일부러 무거운 것을 들고 단거리를 역주하곤 했습니다.

하지만 문제가 있었습니다. 다른 팀들 역시 그가 한 것만큼 열심히, 그리고 오랫동안 연습을 한다는 것이었습니다. 그러면서 그는 중요한 깨달음을 얻었습니다. 남보다 뛰어나려면 단순히 열심히만 한다고 되는 게 아니라는 사실이었습니다.

그래서 킬리는 새로운 역주 기법을 찾아내기 위해 기초 이론을 다시 닦기로 했습니다. 그는 매번 새로운 스타일과 방법을 찾아 시도했습니다. 마치 처음 스키를 배우는 사람처럼 엉거주춤 불안

한 자세로 스키를 타다가 자주 넘어져 다치곤 했습니다. 주변 사람들은 그런 그를 이해할 수 없었습니다.

그러나 사람들의 우려나 걱정을 말끔히 씻어내며, 그는 기존의 역주 기술과는 전혀 다른 새로운 스타일을 만들어냈습니다. 스키를 타다가 균형을 잡아야 할 때, 다리를 붙이는 게 아니라 떼어놓았고, 돌아설 땐 앞쪽으로 무릎을 구부리지 않고 뒤쪽으로 살짝 앉았습니다. 스키봉 역시 약간 다른 방식으로 잡으며 조절하는 방법도 알게 되었습니다. 킬리는 새롭게 고안해낸 스키 타는 방법으로 시간을 단축시킬 수 있었습니다.

결국 킬리는 1966년과 1967년 사이에 개최되었던 주요 스키 대회에서 모든 상을 휩쓸었고, 그 다음해 열린 동계 올림픽에서는 3개의 금메달을 획득했습니다. 이것은 스키 경주 사상 처음 있는 일이었습니다.

수많은 사람들이 해왔던 기존 방식에 기꺼이 도전했던 진 클라우드 킬리. 그는 창조적인 사람들이 해왔던 혁신의 비밀을 이미 알았던 것입니다.

가치를 끄집어내는 능력

　미켈란젤로의 선배였던 조각가 도나텔로는 어느 날 조각을 하기 위해 커다란 대리석 한 덩어리를 주문했습니다. 그러나 배달된 대리석은 흠집도 많고 결도 거칠었기 때문에 도나텔로는 당장 그 돌을 퇴짜 놓았습니다.

　배달원들은 할 수 없이 그 돌을 다시 가져가야만 했습니다. 그중 한 사람이 크고 무거운 대리석을 다시 가져가는 것은 귀찮으니 옆 동네에 사는 조각가 미켈란젤로에게 가져가보는 게 어떻겠냐고 말했습니다. 사람들은 혹시나 하는 마음으로 미켈란젤로에게, 퇴짜 맞은 대리석을 가져가 보였습니다.

　미켈란젤로는 한참 살펴보더니 도나텔로가 쓸모없다고 거절한 그 돌을 기꺼이 구입하겠다고 말했습니다. 때마침 그는 피렌체

대성당의 지도자들로부터 조각상을 의뢰받은 상태였는데, 미켈라젤로는 비록 흠집 있고 거친 대리석이지만 오히려 그것으로 더 개성 있고 멋진 작품을 만들어낼 수 있다고 믿은 것입니다.

결이 좋지 않아 조각하기 어려웠던 이 대리석을 이용해 그는 3년 만에 4미터가 넘는 거대한 다비드 상을 완성했습니다. 남자의 인체를 가장 아름답고 완벽한 형태로 보여주었다는 다비드 상은, 이렇게 쓸모없다고 버려질 뻔한 돌에서 탄생했던 것입니다.

우리는 누구나 부족하고 결점을 가진 존재입니다. 하지만 그렇기 때문에 어쩌면 더 개성 있고 멋진 누군가가 될 수 있는지도 모릅니다. 쓸모없는 대리석 같은 인생에서 값진 능력과 가치를 끄집어내는 것은 순전히 자기 스스로의 몫인 것입니다.

사소한 일에도 최선을 다하라

영화 〈아라비아의 로렌스〉, 〈닥터 지바고〉 등 수많은 영화의 주연을 맡으며 명연기를 보여준 오마 샤리프. 그는 자신의 배역에 최선을 다하는 배우로 유명합니다.

그가 〈닥터 지바고〉를 촬영할 때였습니다. 오마 샤리프는 촬영 약속 시간보다 훨씬 먼저 도착해서 대본을 검토하고 있었습니다. 그날 촬영할 내용은 목욕하던 주인공이 전화벨 소리를 듣고 수건으로 몸을 닦으며 거실로 나오는 장면이었습니다.

세계적인 배우를 오랫동안 기다리게 하는 것이 미안했던 한 스태프가 그에게 다가가 양해를 구했고, 오마 샤리프는 괜찮다며 손을 내저었습니다.

잠시 뒤 대본을 꼼꼼하게 살피던 오마 샤리프가 조금 전의 스태프를 다시 불렀습니다. 그러고는 촬영할 세트장으로 안내해달라고 말했습니다. 목욕탕이 구비된 세트장에 들어선 오마 샤리프는 갑자기 옷을 벗더니, 미리 준비되어 있던 뜨거운 욕탕에 몸을 담그는 것이었습니다. 놀란 스태프가 물었습니다.

"촬영을 하려면 두 시간도 더 남았는데 왜 벌써 탕으로 들어가세요?"

그러자 오마 샤리프가 말했습니다.

"알고 있어요. 하지만 촬영 직전에 탕 안에 들어가면 머리에 김이 모락모락 나는 연기를 할 수 없잖습니까. 대본을 보니까 주인공이 한참 목욕을 하다가 문을 열고 나오는 것으로 되어 있던데, 그렇다면 당연히 머리와 몸에서 뜨거운 김이 나야 하잖아요. 또 얼굴은 발갛게 달아올라 있어야 하구요. 그러려면 지금부터 탕 속에 들어가 있어야지요."

사소하고 하찮아 보이는 일일지라도 최선을 다하고 노력하는 오마 샤리프의 모습은 '남들도 그러니까', '그리 중요한 게 아니니까' 하는 마음으로 일도 감정도 대충 해치우듯 처리하고 쉽게 무시했던 지난 행동을 돌아보게 합니다.

고민을 없애는 방법

미국을 대표하는 스포츠는 미식축구입니다. 미국인들의 미식축구 사랑은 매우 대단해서, 한 해의 승자를 가리는 경기가 열리는 날을 '슈퍼볼 할리데이'로 지정, 관공서와 기업들에게 휴무를 권고할 정도입니다. 1991년 1월 걸프전이 한창일 때 부시 대통령이 브리핑을 기다리는 출입기자들에게 "슈퍼볼을 보고 하자"고 제안했던 일화도 유명합니다.

이 미식축구의 묘미를 꼽으라면 치열한 몸싸움과 20~30야드 정도의 짧은 거리의 필드골을 실축한 선수가 잠시 후에는 훨씬 더 먼 거리의 필드골을 성공시키는 장면을 연출할 때라고 말할 수 있습니다.

클리블랜드 브라운스의 유명한 쿼터백 오토 그레이엄에게 미식축구 선수로서의 가장 중요한 자질이 무엇이냐고 묻자 그는 이렇게 대답했습니다.

"아주 짧은 기억력입니다. 방금 받지 못한 패스를 순간적으로 잊을 수 있는 능력이죠. 실수를 잊어버리고 다시 집중할 수 있는 능력은 그의 신체적 조건이나 공을 차는 기술만큼이나 중요합니다."

우리에게 있어 걱정이나 고민들은 앞으로 나가는 것을 방해합니다. 그때 가장 필요한 것이 바로 '짧은 기억력' 입니다. 사람들은 잊어도 좋을 것들을 오랫동안 기억하며 섭섭해합니다. 까맣게 잊었다가 어느 순간 떠오른 기억에 씩씩거리기도 하고, 언제 일어날지 알 수 없는 일들을 상상하고는 불안해하고 우울해하기도 합니다.

나치의 공습으로 언제 나라가 무너질지 모르는 상황에서도 항상 낙관적이었던 처칠은 이러한 고민을 해결하는 방법에 대해 이렇게 조언했습니다.

"고민을 깔끔하게 정리하는 방법은 고민을 종이 위에 적어보는 것입니다. 내 무수한 걱정거리 가운데 반만이라도 써보면 많은 도움이 되지요. 여섯 가지를 적는다면 그중 3분의 1정도는 사라질 겁니다. 나머지 두 가지 정도는 스스로 해결이 됩니다. 그리고 나머지는 어떻게 할 수 있는 게 아니죠. 그것을 내가 왜 걱정해야 합니까?"

몸을 낮추고 귀를 열어라

챌리스트 피아티고르스키의 첫 연주회 때 일입니다. 그는 무대에서 인사를 하는 순간 깜짝 놀랐죠. 당대 최고의 챌리스트로 꼽히던 파블로 카잘스가 맨 앞좌석에 앉아 있었기 때문입니다.

피아티고르스키로서는 가뜩이나 부담스럽고 떨리는 첫 연주회인데, 챌리스트의 일인자 앞에서 연주를 해야 한다니 여간 긴장되는 게 아니었습니다. 무사히 연주회는 끝났지만 그의 마음은 편치 않았습니다. 연주는 엉망이었고, 실수했던 부분이 자꾸 떠올라 표정이 어둡던 피아티고르스키는 무대 인사를 하면서 자연스럽게 카잘스의 표정을 살폈습니다.

그런데 챌리스트의 일인자 카잘스가 열렬히 박수를 치는 게 아니겠습니까. 피아티고르스키는 분명 자신을 비웃는 거라 생각하며 도망치듯 연주회장을 빠져 나갔습니다.

그 후 그는 첫 연주회에 느꼈던 부족함과 창피함에서 벗어나기 위해 열심히 노력했고 마침내 세계적인 첼리스트 반열에 오르게 됐습니다.

어느 날 피아티고르스키는 한 모임에서 카잘스와 만나게 됐습니다. 그리고 오랜 기간 마음속에 품었던 궁금증을 털어놨습니다.

"선생님, 그때 전 첫 연주회였고 더구나 연주도 엉망이었는데 왜 그렇게 열렬히 박수를 쳐주셨어요?"

카잘스의 대답은 이랬습니다.

"물론 당신 연주가 훌륭하지 않았다는 건 나도 아네. 하지만 그때 당신 연주를 들으면서 오랫동안 내가 고민했던 부분을 훌륭하게 연주하는 걸 발견했지. 그걸 배울 수 있어서 진심으로 기뻤네. 당신 연주가 엉망이었다 해도 그 부분에 있어선 나보다 나았지. 덕분에 난 그 부분을 정확히 연주할 수 있게 됐고. 그러니 내가 어찌 열렬하게 박수 치지 않을 수 있었겠나?"

세계 최고의 첼리스트 파블로 카잘스는 이렇게, 신인 연주자에게도 몸을 낮추고 귀를 여는 겸손함과 배움의 자세를 가졌던 겁니다.

자투리 시간을 활용하라

미국의 유명한 작가이자 음악가인 존 어스킨은 열네 살 때 피아
노를 배웠습니다. 어느 날 피아노 선생님이 그에게 물었습니다.

"존, 피아노는 얼마나 연습하고 있니?"

"하루에 한 시간 이상 연습하고 있어요."

그러자 선생님은 다음과 같이 말해주었습니다.

"피아노 연습을 위해 하루에 한 시간을 일부러 만들려고 하지
말아라. 나이를 먹고 어른이 될수록 하루에 한 시간씩 연습한다
는 건 더 어려워지거든. 차라리 시간을 낼 수 있을 때마다 단 몇
분이라도 연습을 하렴. 학교 가기 전에 5분, 점심 후 10분, 잠자리
에 들기 전에 15분, 이런 식으로 말이지. 그런 자투리 시간을 이
용해 피아노 연습을 한다면 얼마 후 음악은 네 일부가 될 거야."

선생님의 조언대로 피아노 연습을 한 존 어스킨에게 음악은 정말 그의 일부가 되었습니다.

존 어스킨은 뉴욕 필하모니 오케스트라와 협연하는 피아니스트가 될 수 있었고, 후에 줄리아드 음악학교 교장과 메트로폴리탄 오페라협회의 이사장이 되었습니다.

그뿐만이 아니었습니다. 존 어스킨은 콜롬비아 대학에서 문학을 가르쳤고, 틈틈이 60권 이상의 책을 썼습니다. 그의 유명한 베스트셀러인 《트로이 헬렌의 사생활》은 그가 콜롬비아 대학에 출퇴근을 하며 이용했던 전차 안에서 썼습니다.

"사람의 집중력과 열정은 어느 시간 이상 지속되기 힘들어요. 자투리 시간을 어떻게 활용하느냐, 그것이 성공의 가장 큰 열쇠라고 생각합니다."

지름길은 없다

한 젊은 화가가 있었습니다. 그는 미술계에 입문한 지 얼마 되지 않았지만, 실력이 좋았습니다. 하지만 그의 그림을 사려는 사람은 거의 없었습니다.

반면, 당시 대화가인 아돌프 멘첼의 그림은 큰 인기를 끌고 있었습니다. 젊은 화가는 선배 화가 멘첼을 찾아가 비결을 물었습니다.

"선생님. 전 그림 솜씨가 뛰어나서 2, 3일이면 작품 하나를 그릴 수 있어요. 하지만 제 그림이 팔리려면 2, 3년은 걸린다고 화상들은 말하더군요."

멘첼은 젊은 화가의 말을 듣더니 대답했습니다.

"간단하네. 거꾸로 하면 되네."

"거꾸로 하다니요?"

멘첼이 설명했습니다.

"자네가 만일 2, 3년에 걸쳐 그림 한 폭을 그린다면 2, 3일 만에 그림이 팔릴 거란 말일세."

젊은 화가는 기가 막혔습니다.

"아니, 2, 3년 동안 겨우 그림 한 폭만 그리라구요?"

그러자 멘첼이 단호하게 말했습니다.

"누군가의 마음을 움직이기 위해서는 갑절의 땀방울을 지불해야 한다네. 창작엔 지름길 따윈 없어. 내 말대로 한번 해보게."

젊은 화가는 멘첼의 충고를 따랐습니다.

그는 처음 그림을 시작하는 사람처럼 다시 기본 실력을 다졌습니다. 그러면서 동시에 그림의 소재를 찾아 더 공을 들여 구상했습니다. 하나의 사물을 화폭에 담기 위해 수없이 많은 습작을 하기도 했습니다. 그렇게 젊은 화가는 3년에 걸쳐 그림 한 폭을 완성할 수 있었습니다.

젊은 화가가 그렇게 완성한 그림은 멘첼의 충고대로 정말 단 이틀 만에 팔렸습니다.

최고의 리더십

　20세기 프랑스의 대표적인 지휘자, 피에르 몽퇴. 그의 음악적 해석은 오케스트라와 함께 작곡가의 의도를 정확히 전달하는 것 이었습니다. 주관적인 판단으로 작품을 새롭게 해석해서 청중들 에게 혼란을 주는 일이 없어야 한다는 게 그의 생각이었던 것입 니다. 이런 그에 대해 토스카니니는 피에르 몽퇴를 가리켜 "자신 이 보아온 지휘자 가운데 최고"라고 말하기도 했습니다.

　피에르 몽퇴는 그의 나이 85세에 런던 교향악단의 종신 지휘자 가 됐습니다. 하지만 오케스트라 단원들은 불만이 생겼습니다. 다른 지휘자는 음악에 따라 자연스럽게 몸을 움직이거나 얼굴 표 정도 변하기 마련인데, 몽퇴는 팔을 크게 움직이지도 않을 뿐더 러 표정의 변화도 없었습니다. 솔로 악기가 연주되고 있을 땐 아예 지휘봉을 움직이지도 않았습니다. 틀린 음을 내는 단원이 있어도 다른 지휘자들처럼 연주를 멈추고 야단치지도 않았습니다.

카리스마 넘치는 지휘자를 예상한 단원들은 이런 그를 이해하기 힘들었고 몽퇴가 너무 나이가 들어 더이상 지휘가 힘든 건 아닌가 하고 생각했습니다. 어느 날 단원 가운데 한 명이 지휘자에게 이런 불만을 직접 얘기했습니다. 그러자 몽퇴는 이렇게 말했답니다.

"내겐 몇 가지 지휘 원칙이 있소. 지휘할 땐 불필요한 움직임을 하지 않는 것, 또 연주자가 솔로로 연주할 때나 어려운 부분을 연주할 때 그를 쳐다봐서 주눅 들지 않게 하는 것이라오. 그리고 누군가 틀렸다고 해서 야단치거나 연주를 멈추게 해선 안 된다는 것이오."

그제야 단원들은 피에르 몽퇴의 지휘 스타일을 오히려 더 편안하게 받아들였고, 예전보다 더 좋은 연주를 할 수 있었습니다.

현대는 리더십의 시대라고 합니다. 최근 세계적으로 각광받는 리더십은 수직 리더십에서 이 같은 수평 리더십으로 바뀌어가고 있습니다. 리더는 구성원을 윽박지르고 꼼짝 못하게 하는 사람이 아니라 희망을 주고 성장의 기회를 주는 사람이란 것입니다.

자칫 무르게 보일 수 있는 느리고 따뜻하고 말랑말랑한 마인드는 리더십뿐 아니라 사람들과의 관계를 원만하게 유지하는데도 보다 더 긍정적인 영향을 끼치고 있습니다.

천재도 노력한다

　타고난 재능, 하늘이 준 천재라 불리는 사람들의 일화를 들어보면 그들 역시 누구보다 더 많은 시간과 노력을 투자해 노력했다는 사실을 알 수 있습니다.

　르네상스의 천재 예술가 미켈란젤로. 그가 시스티나 성당의 천장에 프레스코화를 그리고 있을 때의 일입니다. 높은 천장 가까이 사다리를 대놓고 오랜 시간, 불편한 자세로 그림을 그리고 있던 그에게 한 동료 예술가가 물었습니다.

　"그렇게 높은 천장에 그리는 그림인데 뭘 그렇게까지 정성을 들이나? 어차피 여기 아래서 올려다보는 사람 시력으론 잘 보이지도 않는단 말일세. 구석까지 잘 그렸는지 누가 알겠나?"

　그러자 미켈란젤로는 이렇게 대답했다고 합니다.

"누가 알긴? 바로 내가 알고 있지."

　1879년 스페인 바르셀로나 남쪽에 있는 카탈로니아의 시골에서 태어난 파블로 카잘스. 그는 어린 시절부터 음악에 남다른 재능을 보이면서 첼리스트로 전세계에 명성을 알렸습니다. '첼로' 하면 사람들은 자연스럽게 파블로 카잘스를 떠올릴 정도였습니다.

　세계에서 가장 위대한 첼리스트로 인정받고 있던 그에게 한 신문기자가 물었습니다.

　"카잘스 선생님, 이제 당신은 아흔다섯입니다. 여전히 가장 위대한 첼리스트로 인정받고 있는데 아직도 하루에 여섯 시간씩 연습하는 이유가 무엇입니까?"

　그러자 카잘스가 대답했습니다.

　"왜냐면 내 연주 실력이 조금씩 향상되고 있기 때문이라오."

CBS 음악 FM
93.9 MHz

4부
나는 이렇게 성공했다

생각하라,
그리고 실천하라!

편견을 이겨내세요

골든 글로브에서 세 개 부문을 석권하고 아카데미 여덟 개 부문 후보에 올랐던 뮤지컬 영화 〈드림 걸즈Dream Girls〉. 이 영화는 70년대 가수 다이애나 로스가 이끌던 여성 트리오 '슈프림즈 Supremes'를 모델로 한 작품으로 더욱 화제가 되었습니다.

영화에서도 그려졌듯이 다이애나 로스가 가수로 성공하는 일은 쉽지만은 않았습니다. 그녀에게 닥쳤던 첫 난관은 바로 나이였습니다. 당시 열다섯 살이던 다이애나 로스는 가수가 되고자 모타운 레코드의 경영자이자 연예인 육성의 달인인 베리 고디 주니어를 찾아갔습니다. 하지만 베리 고디는 그녀의 나이가 어리다는 이유로 노래도 제대로 듣지 않고 퇴짜를 놓았습니다.

그러나 다이애나 로스는 쉽게 포기하지 않았습니다. 그녀는 베리 고디의 비서실에서 아르바이트를 시작했고, 사장실 문이 열릴 때마다 노래를 불렀습니다. 자신이 얼마나 노래를 잘 부르는지 베리 고디에게 알려주고 싶었던 것입니다.

처음에는 못 들은 척하던 베리 고디도 차츰 그녀의 노래에 귀 기울이게 되었습니다. 노래 실력도 실력이었지만, 어린 나이에도 전혀 주눅 들지 않는 적극적인 모습에서 인기스타로 대성할 수 있으리란 판단을 하게 된 것입니다.

결국 베리 고디의 적극적인 지원으로 다이애나 로스는 최초의 흑인 여성 슈퍼 그룹 '슈프림즈'의 멤버가 되었습니다.

슈프림즈는 1964년과 1965년에 걸쳐 무려 다섯 곡을 빌보드 싱글 차트 1위에 올려놓았고 〈Where Did Our Love Go〉, 〈Baby Love〉, 〈Come See About Me〉는 5백만 장의 판매고를 기록했습니다.

1960년대 대중적인 성공 면에서는 유일하게 비틀스에 필적할 만한 그룹이었고 특히 여성 가수로서는 전례 없는 성공을 거둬, 머라이어 캐리가 나오기 전까지 비틀스와 엘비스 프레슬리에 이어 빌보드 차트 1위에 세번째로 많이 오른 가수이기도 했습니다.

유례없이 신화적인 성공을 거뒀던 다이애나 로스. 그녀의 성공 비결 뒤에는 나이나 성별, 인종에 대한 편견을 적극적으로 이겨 낸 꿋꿋함이 자리하고 있었고, 잠깐의 후퇴를 패배로 생각하지 않았던 긍정적인 마인드가 있었습니다.

열정을 다해 집중하세요

미국의 영화감독 스티븐 스필버그가 어렸을 때 그의 아버지는 8밀리 코닥 카메라를 구입하게 됐습니다. 그때부터 어린 스필버그는 공부는 뒷전이고 아버지를 따라다니며 촬영하는 재미에 흠뻑 빠져들었습니다. 아버지 역시 아들을 모델로 세우고 촬영하는 걸 좋아했습니다. 하지만 어느 날부터인가 촬영할 때마다 아들은 까다로운 요구를 했습니다.

"아빠, 자꾸 같은 배경으로 찍으면 재미없잖아요. 다양한 장소로 옮겨서 찍으면 안 돼요? 계곡이나 낙조 같은 걸 배경으로 찍어주세요."

"아빠, 저기 달리는 말 좀 클로즈업해보세요."

자꾸 아들의 주문이 많아지자 귀찮아진 아버지는 카메라를 그에게 주며 한마디 했습니다.

"그래, 명감독께서 어디 한번 기막힌 배경으로 촬영을 해보시지."

당시 스필버그의 나이는 겨우 열두 살이었습니다. 신이 난 스필버그는 온갖 것을 찍기 시작했습니다. 아들이 촬영한 것을 본 그의 부모는 깜짝 놀랐습니다. 그들이 한 번도 상상하지 못한 다양한 장면들이 들어가 있었던 것입니다.

그 뒤 스필버그는 촬영하는 데 온 정신을 집중했습니다.

"쟤가 완전히 미쳤구나."

부모님의 걱정은 이만저만이 아니었습니다.

스필버그가 열여섯 살 되던 해, 그는 2시간 30분짜리 장편 영화 〈파이어 라이트〉를 만들었고, 마을 회관을 빌려 유료로 상영했습니다. 어린애가 만들면 얼마나 잘 만들었겠느냐고 생각하며 영화를 보러 온 사람들 모두 영화가 너무 잘 만들어졌고 재미있어서 깜짝 놀랐습니다. 그는 이 첫 영화로 500달러 이상의 수익을 올렸습니다.

"미치면 미치고 안 미치면 못 미친다"는 말이 있습니다. 미쳐야 열정이 생기고, 그래야 자신이 하는 일에 재미를 느끼게 된다는 것입니다. 사업이 안 된다고, 성적이 안 오른다고, 일이 힘들다고 느끼신다면 '내가 열정을 다해 집중했었나' 하고 돌이켜보시기 바랍니다. 단 한 번만이라도 내가 하는 일에 미쳐본 적은 있는지 생각해볼 필요가 있습니다.

믿음으로 밀고 나가세요

　세계적인 패션 디자이너 피에르 가르뎅. 그가 패션 디자이너의 길을 걷게 된 것은 '동전 던지기' 때문이었습니다.

　젊은 시절 그에게는 두 가지 선택의 길이 놓여 있었습니다. 파리의 적십자사로 전근을 가느냐 아니면 디자이너 왈드너의 가게에서 일하느냐, 이 두 가지 길을 두고 어떤 선택을 해야 할지 몰랐던 그는 동전을 던졌습니다.

　"앞면이 나오면 왈드너, 뒷면이 나오면 적십자!"

　결과는 앞면이었고 피에르 가르뎅은 이렇게 패션계에 첫발을 내디뎠습니다. 그는 재능을 인정받아 왈드너를 거쳐 유행을 선도하던 최고의 디자이너인 디올 밑에서 일하게 되었습니다.

　그런 그에게 또 다른 기회가 찾아왔습니다. 디올이 죽자 후원

사였던 섬유 회사 사장이 피에르를 후계자로 지목한 것이었습니다. 그곳에 있으면 장래는 보장되겠지만 자신의 이름을 건 가게를 내고 싶었던 피에르는, 이번에도 동전을 던져 결정하기로 했습니다.

독립을 택한 그는 이후 세계적으로 영향력 있는 패션 디자이너로 성장하게 되었습니다.

그 뒤에도 종종 피에르는 치마 길이를 길게 할 것인가, 짧게 할 것인가를 놓고도 동전 던지기로 결정했습니다.

한 기자가 그에게 말했습니다.

"정말 운이 좋으시네요. 동전 던지기로 좋은 선택을 할 수 있었으니까요."

그러자 피에르가 대답했습니다.

"동전 던지기가 좋은 선택을 하게 한 게 아니에요. 어떤 선택이든 일단 결정한 후에는 믿음을 갖고 밀고 나갔기 때문이에요."

선택을 잘해서 성공한 게 아니라 나의 선택이 옳은 결정이었다고 생각하는 믿음과 그 결정에 최선을 다해 노력했던 것이 그의 성공 비결이었습니다.

지금 이 순간 나의 선택이 혹시 잘못된 것은 아닐까 고민하지 마세요. 성공과 실패를 좌우하는 것은 선택이 아니라 어떻게 실천하느냐에 달려 있습니다.

실패의 횟수를 두려워하지 마세요

타격부진으로 2군으로 강등되었던 요미우리 자이언츠의 이승엽 선수. 시즌 내내 치열한 경기를 소화했지만 타율은 1할 3푼 5리에 그치고 말았습니다. 이것은 일본 프로야구 센트럴리그 최하위 성적이라고 합니다. 그래서 이승엽 선수는 타격 폼 개조를 비롯해 맹훈련을 받으며 다시금 1군 진출을 노렸습니다. 하지만 전문가들은 이승엽 선수의 부진에 대해 그리 크게 걱정하지 않았습니다.

바로 평균의 법칙을 알고 있었기 때문입니다. 즉 한 번의 큰 성공을 거두려면 열 번은 실패해야 한다는 것입니다.

메이저리그 역사상 가장 유명했던 홈런왕 베이브 루스 역시 마찬가지였습니다. 베이브 루스는 메이저리그에서 21년 동안 활동하면서 714개의 홈런을 치면서 1976년까지 세계 최고 기록을 소유한 홈런왕입니다. 하지만 놀라운 것은 그가 자그마치 1,330번이나 스트라이크 아웃을 당한 삼진왕이기도 하다는 것입니다. 더구나 그의 삼진왕 기록은 지금껏 깬 사람이 없었습니다.

사실 역사 속에는 그들보다 더 큰 실패의 기록을 세운 이가 많습니다. 발명왕 에디슨 역시 많은 실패를 경험한 인물입니다. 82세로 타계하는 날까지 오직 발명만을 위해 살았던 그는 열흘에 한 번 꼴로 새로운 발명품을 내놓았습니다. 하지만 그가 실패한 횟수는 무려 11만 번에 달한다고 합니다.

에디슨이 백열전등을 만들 때에는 무려 1,200번이나 실패를 거듭했습니다. 그때 에디슨은 이렇게 말했다고 합니다.

"난 1,200번 실패한 게 아니라 1,200가지의 되지 않는 길을 발견했을 뿐이다."

한 번의 성공을 위해 열 번의 실패도, 1,200번의 실패도 그들은 두려워하지 않았습니다. 그 모든 실패들은 하나의 과정이라고 생각했던 것입니다. 실패의 횟수는 성공을 이루기 위한 지극히 일반적인 평균의 법칙의 소산일 뿐, 그들에게는 아무것도 아니었던 것입니다.

처음 시작할 때의 마음으로

세계적인 축구스타 데이비드 베컴은 어린 시절부터 간직한 꿈이 있었습니다. 바로 명문 축구팀인 '맨체스터 유나이티드'에 입단하는 것이었습니다.

하지만 그의 작은 키와 깡마른 체구는 운동을 하기엔 적합하지 않았습니다. 그러나 끊임없는 연습으로 신체적 한계를 극복한 그는 열여섯 살 때, 꿈에 그리던 맨유의 연습생으로 입단하게 되었습니다.

마침내 꿈이 이루어진 것 같았지만 현실은 달랐습니다. 연습생으로 스카우트된 그는 고참 선수들의 방을 청소하고 축구화를 빨았을 뿐, 정작 그라운드를 누빌 수가 없었습니다. 이런 상태로는 미래가 없을 것 같았습니다.

그렇게 몇 년이 흘렀고 그는 '연습만이 살 길'이라 생각하며 그의 장기인 중거리 슛을 끊임없이 연습했습니다.

4년 뒤 드디어 베컴에게 기회가 왔습니다. '리즈 유나이티드'와의 홈경기에서 마침내 프리미어 리그 데뷔전을 치른 것입니다. 그의 첫 출전은 눈부셨습니다. 그는 팀의 리그 우승에 크게 일조하면서 맨유와 영국 축구의 미래를 이끌어갈 선수라는 기대를 한 몸에 받게 됐습니다.

그런데 놀랍게도 그가 하루아침에 '얼간이'로 전락하게 된 일이 벌어지고 말았습니다. 1998년 프랑스 월드컵 16강전 아르헨티나와의 경기에서 그는 화를 참지 못해 상대 선수에게 보복행위를 했고, 이 비신사적인 행동으로 레드카드를 받았습니다. 경기의 흐름은 순식간에 아르헨티나 쪽으로 기울었고, 승부차기까지 가는 접전을 벌였지만 영국은 결국 패하고 말았습니다.

영국 국민들은 어리석은 퇴장을 자초한 베컴을 비난하기 시작했습니다. '열 명의 사자 같은 영웅들 속에 한 명의 얼간이'라는 신문 기사가 나올 정도였습니다. 그러나 얼마 후 부단한 노력 끝에 베컴은 재기에 성공했습니다.

팬들의 야유를 환호로 바꿀 수 있었던 비결에 대해 베컴은 이렇게 말했습니다.

"초심을 찾고자 노력했습니다. 고참의 방을 청소하고 축구화를 빨던 연습생 시절을 떠올리며 말이죠."

웃으세요, 노력하세요

영화 〈사랑과 영혼〉, 〈시스터 액트〉, 〈보거스〉 등을 성공으로 이끈 영화배우 우피 골드버그. 그녀는 미국 내에서 가장 영향력 있는 방송인이자 아티스트, 그리고 CF스타로 이름을 날리고 있습니다.

하지만 그녀는 가난하고 순탄치 못한 유년시절을 보내야 했습니다. 더구나 그녀는 선천적 읽기 장애라는 '실독증'을 앓고 있었습니다. 대뇌의 한 부분이 선천적으로 손상을 당해 읽는 기능이 현저하게 떨어지는 병이었습니다.

어린 시절부터 배우를 꿈꿔왔던 우피에겐 대단히 절망적인 일이었습니다. 주위 사람들은 글을 읽지 못하는 그녀를 이해하지 못했고, 그녀 역시 이를 비관해서 마약에 손을 대기도 했습니다.

하지만 한 재활 치료사가 그녀 앞에 나타나면서 삶은 변하기 시작했습니다. 그 치료사에게 우피는 A, B, C부터 차근차근 배워 나갔습니다. 치료사의 끈기 있는 치료와 자신의 치열한 노력 끝에 우피 골드버그는 마침내 글을 읽을 수 있었습니다. 선천적인 병을 순전히 인고의 노력으로 이겨냈던 것입니다.

그녀는 이제 동화 작가로 등단할 정도로 읽고 쓰는 것에서 자유로워졌습니다. 누군가의 작은 지원과 도움으로 삶이 이렇게도 변할 수 있다는 사실을 깨달으며, 그녀는 그때부터 자신이 도움을 줄 수 있는 곳을 찾기 시작했습니다.

많은 이들이 우피 골드버그를 평가할 때 '천재'라는 단어를 빼놓지 않습니다. 그러나 그녀는 날 때부터 천재의 기질을 타고 난 건 아니었습니다. 어린 시절 자신감을 갖게 해주었던 어머니와 한 재활 치료사에 의해 선천적인 장애를 노력으로 치유했던 것입니다.

우피 골드버그는 이렇게 말합니다.

"웃으세요, 노력하세요."

그리고 또 이렇게 덧붙입니다.

"나 때문에 웃고, 나 때문에 노력하실 수 있게 된다면 참 좋겠어요."

미래를 변화시키는 힘

"정말 그걸로 노래하겠다는 건가?"

1965년 '뉴포트 포크 페스티벌'을 앞둔 가수들의 대기실에서 밥 딜런을 가운데 두고 존 바이스와 피터 폴 앤 메리는 심각한 표정으로 그를 바라보고 있었습니다.

"세계의 시계 바늘이 돌고 세월이 흐르고 있어. 그런데 나만 변하지 않는다는 건 말이 안 돼."

그는 무거운 마음으로 무대에 섰습니다. 밥 딜런의 등장에 환호하던 관중들은 그의 손에 들린 전자 기타를 본 순간 환호를 멈추었습니다.

밥 딜런은 그렇게 역사적인 연주를 시작했습니다.

밥 딜런은 데뷔 후 통기타 하나로 반전과 인생을 노래해온 대표적인 가수로 사랑받아왔습니다. 통기타 하나에 자신들의 메시지를 담아 언제 어디서든지 음악으로 하나가 될 수 있다고 믿었습니다.

그래서 그들 음악에는 상업적인 목적을 철저히 배제했습니다. 증폭 장치나 효과 장치를 사용하지 않은 포크기타나 하모니카를 주로 사용했고, 이것은 곧 민중과 비상업을 대변하는 악기가 되었습니다.

그런 그가 손에 든 것은 바로 그들이 경멸해 마지않았던 전자기타였습니다. 그의 노래를 좋아하던 관중들은 그의 변신을 변절이라 생각했고, 야유를 보내고 달걀 세례를 퍼붓기도 했습니다.

결국 그는 〈Maggie's Farm〉과 〈Like a Rolling Stone〉 단 두 곡만을 부르고 무대에서 내려와야 했습니다.

"지금이라도 늦지 않았어. 자네를 사랑하던 관객들의 기대를 저버린 것을 사과하고 다시 어쿠스틱 사운드로 돌아가라고."

포크 음악 동지들은 밥 딜런에게 진심 어린 충고를 해주었지만 밥 딜런은 흔들리지 않았습니다.

"변화가 없다면 포크 음악은 발전은커녕 명맥도 지킬 수 없을 거야."

밥 딜런을 향한 공격과 혹평은 갈수록 더해졌지만 그는 전자기타의 미래를 확신했습니다. 결국 그의 예견은 적중했고 그는 포크 음악의 표현 범위를 넓힌 포크록의 선구자로서 대중음악계에 큰 획을 긋게 되었습니다.

그의 시도는 이후 그룹 〈더 버즈〉, 〈마마스 앤드 파파스〉, 〈사이몬과 가펑클〉과 같은 수많은 포크록 아티스트를 등장시켰고, 팝음악의 세계를 보다 더 넓힐 수 있었습니다.

미래를 변화시키는 일은 어쩌면 사소한 것일 수 있습니다. 지나고 보면 아무것도 아닐 수도 있습니다. 하지만 거기에는 현재에 안주하지 않겠다는 새로운 각오와 그것을 실천할 수 있는 큰 용기가 필요합니다.

한눈 팔지 않는 열정

나비학자 고(故) 석주명 선생은, 일평생을 '나비'에 집중하는 삶을 산 대표적인 학자입니다.

1908년 평양에서 태어난 석주명 선생은, 40여 년 인생 대부분을 일제 치하에서 보냈지만 모교인 송도중학교 생물교사로 일한 13년 동안 나비 연구에 전력을 다했습니다.

사실 이전의 한국 나비 연구는 주로 외국학자들이 했는데 그들은 자신의 이름을 학명에 올리고 싶은 마음에, 같은 종의 나비에 새로운 이름을 붙이곤 했습니다.

석주명 선생은 이것은 문제가 있다고 생각했고, 그래서 온 나라를 누비며 75만 표본을 조사해 통계 처리함으로써 잘못된 연구 결과를 바로잡았습니다.

그의 연구로 한국 나비 학명 가운데 같은 종이면서 이름이 다른 844개가 퇴출됐습니다. 초급대학밖에 못 다닌 식민지 교사의 이같은 연구결과는 곧 세계의 주목을 받았습니다. 그의 연구 결과 한국 나비는 총 255종으로 정리됐고, '나비박사'란 호칭은 그를 지칭하는 고유명사가 되었습니다.

또한 그는 〈조선왕조실록〉과 각종 문집들에서 나비와 관련된 기사를 찾아내 분석한 역사학자이면서, 나비의 우리말 이름 짓기에 열중했던 언어학자이기도 했습니다.

'봄처녀나비', '수풀알락팔랑나비', '청띠신선나비', '어리표범나비' 등, 나비의 모습과 특성을 잘 살린 아름다운 우리말 이름은 모두 석주명 선생이 직접 지은 나비 이름입니다.

하지만 그는 부과적으로 얻어지는 명성과 물질에는 관심이 없었습니다. 1950년 10월 마흔둘의 나이로 숨을 거두며 그는 이렇게 말했습니다. "어느 분야든 10년만 한눈 팔지 않고 매달리면 누구나 세계 전문가가 될 수 있다."

우리가 잊지 말아야 할 것은 바로 석주명 선생의 그 열정입니다. 오직 '나비밖에 모르던 사람' 나비박사 석주명 선생. 그는 2008년 과학기술인 명예의 전당 25번째 헌정자로 선정되었습니다.

목숨 걸면 못할 일이 없다

그의 붓칠 한 번에 400만 엔짜리 일본 시계 가격은 무려 열 배 넘게 뛰었습니다. 그가 옻으로 만든 시계 가격은 5,250만 엔, 우리나라 돈으로 무려 5억 3천만 원입니다. 한정판으로 나온 이 시계는 일본에서 출시되자마자 불티나게 팔려나갔습니다.

바로 '전용복' 이란 이름 때문입니다.

칠예가 전용복 씨는 불행한 어린 시절을 보냈습니다. 부산에서 태어난 그는 형이 먼저 죽었다는 이유로 벼를 베고 남은 밑동이라는 경상도 사투리 '이새기' 라 불리며 제대로 된 보살핌과 사랑을 받지 못했습니다.

뛰어난 예술적 감각을 타고났던 전용복 씨는 부산 목재회사에 취직한 후, 장롱을 만들자고 제안해 직접 디자인하고 옻칠한 자개장을 팔기 시작했습니다.

그가 만든 자개장이 출고되자 회사는 큰 돈을 벌었습니다. 하지만 전 씨의 학벌이 변변찮다는 이유로 부당한 대우를 받았고, 결국 그는 회사를 그만두고 칠 연구소를 설립했습니다. 그리고 그곳에서 본격적으로 옻으로 디자인한 가구와 작품을 만들어 나갔습니다.

그의 솜씨는 일본에까지 소문이 났고, 마침내 일본의 메구로가조엔의 복원작업에 참여하게 됐습니다. 메구로가조엔은 세계 최대의 옻 작품으로, 일본 정부가 지정한 일본 칠예의 보고입니다. 일본의 내로라하는 장인들 모두 복원작업에 참여하길 희망했지만, 전 씨는 무려 3,000대 1의 경쟁을 뚫고 메구로가조엔 복원감독이 됐습니다.

이후 그는 세계 최대인 이와야마 칠예미술관 운영을 했고, 외국인으로는 유일하게 이와테현의 문화예술심의위원도 맡았습니다. 그러면서 그는 끊임없이 일본으로의 귀화를 권유받았습니다. 귀화한다면 문화기금을 받아 편하게 생활할 수 있는데도, 그는 그것을 거부한 채 '조선의 옻칠장이'란 자부심으로 살아가고 있습니다.

하지만 한편으론 서운함도 있습니다. 한국으로 돌아가고 싶지만, 한국에 가면 옻칠장이라 천대하고 왜식 옻장이라 비난하니 참으로 난감하다고 그는 말합니다.

한국인의 정체성을 갖고 일본에서 활동하는 한국인 예술가 전용복 씨. 그는 56년 인생을 살아오며 터득했던 자신의 신념 "목숨 걸면 못할 일이 없다"는 마음으로 한국적 자개의 아름다움과 옻의 매력을 전세계에 널리 전하는 일에 매진하며, 오늘도 붓질을 멈추지 않고 있습니다.

빈 잔을 채우는 기분으로

　18번 홀에서 회심의 버디 퍼팅을 성공한 최경주 선수. 그는 두 팔을 높이 들어 우승을 자축했습니다. 2008 시즌 PGA 두번째 대회 만에 일궈낸 첫 우승이었습니다.

　2008년 1월 14일 하와이 특유의 강풍이 불어와 대부분의 선수들이 고전을 면치 못했지만, 최경주 선수는 '탱크'라는 그의 별명에 맞게 불굴의 정신력으로 세계 정상의 자리에 섰습니다.

　타이거 우즈가 세 살 때부터 조기 교육을 받아가며 세계적인 선수가 된 것에 비해, 전남 완도에서 태어난 최경주 선수는 열세 살에 40킬로그램의 몸무게로 학비 면제를 받기 위해 158킬로그램짜리 바벨을 들어올렸습니다. 그의 유일한 선생님은 잭 니클러스 비디오와 책이었고, 레슨비가 없어 연습장에서 먹고 자면서 독학으로 골프를 익혔습니다. 선배들의 스윙을 지켜보면서 손님이 없는 늦은 시간에 실력을 쌓았습니다.

이런 인내와 노력으로 그는 세계 선수들에게도 밀리지 않는 자신감을 갖게 되었고, 흔들림 없는 승부사 기질을 키웠습니다.

태극기를 그려놓은 골프공으로 경기를 했을 정도로 대한민국 대표 선수라는 자부심이 강한 최경주 선수의 꿈은 더불어 사는 삶을 실천하는 것이라고 합니다.

"나중에 골프 연습장을 갖춘 복지 시설과 재단을 운영하고 싶어요. 어려운 청소년들이 잡념을 잊고 운동에 전념하면서 바르게 클 수 있도록 도와주고 싶어요. 그때가 언제가 될지 모르지만 빠를수록 좋겠죠."

그는 자신의 어려웠던 시절을 되새기며 선행에도 앞서고 있습니다. 소니 오픈에서 우승한 후엔 경기도 이천의 냉동창고 화재 사고 유족들에게 3억 원을 기부하기도 했습니다.

미국 PGA 무대에 데뷔했을 때만 해도 그저 평범한 아시아 선수였던 최경주 선수는 이번 우승으로 아시아 선수로는 처음으로 '세계랭킹 7위'에 올랐습니다. 지금 '톱5' 자리를 노리는 그는 이번 우승에 대해 이렇게 말했습니다.

"빈 잔을 채운다는 기분으로 최선을 다했습니다. 아직 컵이 가득 차지 않았어요. 중간쯤 찼을 땐 그걸 다시 비우고, 계속 발전하려고 노력할 겁니다."

역경을 기회로 바꾸는 힘

  1883년 뉴욕. 마흔다섯 살의 루이스 에드슨 워터맨은 보험 외판원으로 일하고 있었습니다. 경제공황이 미국을 휩쓸던 당시, 워터맨은 한 건물주를 어렵게 설득해 계약 성사를 눈앞에 두고 있었습니다.

  고객이 서명을 하려는 순간, 그만 잉크가 흘러 계약서를 못 쓰게 되었습니다. 워터맨은 새 계약 용지를 가져오기 위해 사무실로 달려갔습니다. 하지만 그가 다시 돌아왔을 때, 건물주는 다른 판매원과 계약을 하고 있었습니다.

  큰 계약을 날려버린 워터맨은 상심이 컸고 결국 보험 외판일도 그만두었습니다. 그는 일을 망치게 한 펜을 탓하다가 문득 잉크가 흘러넘치지 않는 펜을 만들어야겠다고 결심했습니다.

얼마 후 워터맨은 잉크가 마르거나 흐르지 않는 펜을 개발하게 되었습니다. 바로 이렇게 미국 최고의 필기구인 만년필이 탄생했습니다.

역사 속에는 이렇듯 뜻밖의 사고로 새로운 기회를 잡거나, 힘들고 골치 아픈 문제를 이겨내고 좋은 결과를 얻는 경우가 적지 않습니다. 십자나사못과 드라이버를 발명한 필립의 경우도 마찬가지입니다.

전파상에서 기술자로 일하던 필립은 라디오를 고치고 있었습니다. 그의 선임 기술자는 시간내에 수리를 마치지 못하면 심하게 꾸중을 하곤 했는데, 그날따라 필립은 낡은 일자나사못이 빠지지 않아 애를 먹고 있었습니다. 마감 시간은 다가오고 나사못을 빼지 못해 난감해하던 필립은 망가진 일자나사못 위에 새로운 홈을 가로로 파보았습니다. 그러자 나사못을 쉽게 빼고 박을 수 있었습니다.

그때부터 필립은 일자나사못에 또 하나의 홈을 파서 십자나사못과 그에 맞는 드라이버를 만들었습니다. 십자나사못은 마모도 훨씬 적었고 빼고 박는 데 걸리는 시간도 단축시켜주었습니다.

그는 이 발명품을 특허 출원했고, 이를 통한 로열티로 오늘날의 '필립스'라는 대기업을 세우게 되었습니다.

콤플렉스를 극복하고 일어나세요

2002년 영국의 한 텔레비전 채널에서 '팝의 우상'이란 공개 오디션이 열리자, 전국의 가수 지망생들이 몰려들었습니다.

그 가운데 열일곱 살의 한 소년이 있었습니다. 그저 귀엽게 생긴 평범한 소년이었지만 그에겐 한 가지 약점이 있었습니다. 그건 바로 말을 더듬는 거였는데, 간단하게 자기소개를 하는 데만 무려 5분이 넘는 시간이 걸렸습니다.

심사위원들은 일찌감치 이 소년을 제외하려고 했습니다. 하지만 소년이 노래를 시작하자 모두 깜짝 놀랐습니다. 방금 전까지만 해도 제대로 말도 못하던 소년이 너무나도 멋지게 노래 한 곡을 소화해냈기 때문입니다.

소년은 아주 근소한 차이로 2위를 차지했습니다. 소년의 이름은 바로 우리나라에서도 큰 인기를 누리고 있는 신세대 가수 '가레스 게이츠' 입니다.

이렇게 데뷔한 가레스 게이츠가 스타덤에 오르기 까진 불과 일년 정도밖에 걸리지 않았습니다. 사람들은 기적적인 성공의 주인공으로 그를 불렀지만 가레스 게이츠를 알고 있는 주위 사람들은 그렇게 생각하지 않았습니다. 그가 얼마나 노력했는지 알고 있기 때문입니다.

10년 전 가레스 게이츠는 말을 심하게 더듬는 탓에 친구들에게 자주 놀림을 당하던 아주 소극적인 아이였습니다.

그러던 어느 날 학교에서 열린 학예회 뮤지컬 연습 시간에 그는 놀라운 노래 실력을 발휘했습니다. 친구들과 선생님 모두 깜짝 놀랐습니다. 늘 주눅들어 있던 그에게서 새로운 모습을 발견했던 것입니다. 선생님은 곧바로 그를 뮤지컬 주연으로 발탁했습니다.

그의 부모님조차 자기 아들이 뛰어난 노래 실력을 지녔다는 걸 학예회 발표날에 와서야 알게 됐습니다.

그는 이 일을 계기로 새로운 꿈과 희망을 갖게 됐습니다. 틈만 나면 노래 연습과 언어 교정에 많은 시간과 노력을 기울였습니다. 자신의 콤플렉스를 극복해야겠다는 생각에 게이츠는 여느 아이돌 스타보다 더 많은 시간과 노력을 투자했던 것입니다. 이러한 피나는 노력 덕분에 가레스 게이츠는 그 같은 성공을 일구어 낼 수 있었습니다.

아버지가 건네준 축구화

    소년이 사는 곳은 프랑스 파리에서 가장 범죄율이 높은 곳이었습니다. 그곳에서 사는 많은 사람들은 대개 부랑아나 갱 또는 매춘을 하는 사람들이었습니다.

    소년은 자라면서 차츰 그런 환경을 닮아가기 시작했습니다. 소년은 사람들에게 '티티' 라 불렸습니다. 티티는 '도시의 비행 청소년' 이라는 뜻이었습니다. 사고뭉치 흑인 불량소년에겐 썩 잘 어울리는 별명이라고 소년 스스로 자랑스럽게 여기기도 했습니다.

    소년의 아버지는 가나 출신의 이민자였고 축구선수로 활동하기도 했었습니다. 하지만 주목받는 선수는 아니었습니다. 아버지는 축구를 그만둬야 했고, 직업을 가지려 했지만 쉽지 않았습니다. 아들에게 축구를 가르치고 싶었지만 티티는 밖으로 나돌기만 했습니다.

그러던 어느 날 소년의 패거리와 이웃 갱단 사이에 싸움이 붙었습니다. 서로 무기를 가져오지 않기로 한 약속을 어기고 상대편 한 녀석이 칼을 갖고 왔습니다. 싸움 중에 티티는 그 칼을 피했지만 대신 친구가 칼을 맞고 말았습니다. 친구가 싸늘하게 식어가는 모습을 뒤로하고 티티는 그 자리를 도망쳐 나왔습니다.

죄책감과 공포로 티티는 일주일 동안 침대에 누워서 지냈습니다. 내내 자리를 지켰던 아버지는 마침내 일어난 그에게 새 축구화를 건넸습니다. 아버지는 아무것도 묻지 않고 그저 "널 믿는다"라고 말했습니다.

티티는 반짝반짝 빛나는 새 축구화를 보며 마침내 눈물을 터트렸습니다. 그리고 티티는 아버지가 이루지 못했던 축구선수의 꿈을 가슴에 품었습니다. 아버지는 아들에게 자신이 아는 모든 기술을 전수했고, 아들은 스펀지가 물을 빨아들이듯 아버지가 가르쳐준 모든 것을 받아들였습니다.

그 뒤 티티는 프로 구단에 입단했고 2년 연속 프랑스 축구 유망주 상을 휩쓸었습니다. 1998년에는 대망의 월드컵 대회에서 우승 트로피를 안았습니다.

'티티'라 불렸던 이 소년은 바로 축구스타 티에리 앙리입니다.

카루소를 일으킨 한마디

이탈리아의 테너 가수로 세계적인 명성을 떨친 카루소. 하지만 소년 시절에는 놀림을 받을 만큼 노래를 못했다고 합니다.

"네 목소리는 문풍지 사이로 새는 바람 소리 같다."

음악 선생님은 그의 목소리에 대해 이렇게 평했습니다. 하지만 그의 어머니만은 어린 카루소를 늘 격려했습니다.

"네 목소리는 개성이 강하단다. 계속 노력하면 지금보다 훨씬 더 좋은 목소리로 사람들을 감동시킬 거야. 엄마는 너를 믿어."

어머니의 격려로 꾸준히 노래 연습을 한 카루소는 스물한 살 때 오페라에 출연하는 기회를 얻게 됩니다. 때마침 한 가수가 병에 걸려 출연하지 못하는 바람에 카루소가 대역을 맡게 된 것입니다.

카루소는 열심히 연습하고 무대에 섰습니다. 그러나 관객들의 반응은 좋지 않았고, 극단은 그를 바로 해고시켰습니다. 비관한 카루소는 홧김에 술을 마시고 집으로 돌아왔습니다. 재능 없는 음악을 고집할 필요도 없었고 희망도 보이지 않았습니다. 자포자기한 그는 자살을 결심했습니다. 그런데 그때 마침 극장에서 한 사람이 그를 찾아왔습니다.

"카루소, 해고는 취소야. 어떤 유력 인사가 찾아와서 아까 대역을 맡았던 신인을 내놓으라며 기다리고 있어."

그 유력 인사는 카루소가 한 부분만 다듬으면 누구보다도 천재적이며, 그에게 훌륭한 재능이 있다는 걸 알아차렸던 겁니다.

음악 선생으로부터 '문풍지 사이로 새는 바람 소리'라고 놀림을 당하기도 했고, 많은 관객과 극장 관계자들에게 외면당했던 카루소. 하지만 그의 재능을 인정해준 어머니와 단 한 명의 손님 덕에 자살까지 하려 했던 아슬아슬한 순간에서 벗어나 천재 가수의 지위를 확보할 수 있었습니다.

나중은 누구에게나 오지 않는다

샤킬 오닐은 미국 프로 농구의 최고 슈퍼스타입니다. 그는 학교를 다닐 때부터 그의 재능을 유감없이 펼쳐보였습니다. 학교 신문에는 최고의 선수로 늘 샤킬 오닐의 기사가 날 정도였습니다.

고등학교 졸업반 진급을 앞두고 있던 여름, 샤킬 오닐은 NBA에 진출하기 위해 농구 캠프에 참가했습니다. 그런데 첫날부터 회의가 들기 시작했습니다. 학교에서는 최고라고 생각했었는데, 막상 그곳에 가니 자신의 실력이 별 게 아니란 걸 깨달았던 것입니다.

"그동안 난 우물 안 개구리였어. 이렇게 뛰어난 아이들이 많은데 내가 뭘 어떻게 하겠어. 여긴 내가 있을 곳이 아니야."

그는 실력 있는 다른 친구들을 돌아보며 주눅이 들었습니다.

그러나 그의 어머니는 달랐습니다.

"좋은 기회야. 네 실력을 사람들에게 마음껏 보여주렴."

의기소침해진 샤킬 오닐은 말했습니다.

"지금 당장은 힘들어요. 나중이라면 모를까."

그러자 어머니는 바로 호통을 쳤습니다.

"지금 최선을 다해야지. 절대 나중을 기다리지 말아라. 나중이란 누구에게나 오는 게 아니란다."

샤킬 오닐은 후에 자신의 인생은 어머니의 이 한마디 때문에 달라졌다고 말합니다.

샤킬 오닐은 그해 여름, 지금 최선을 다해야 한다는 마음으로 오로지 농구에만 전념했습니다. 그렇게 해서 캠프가 끝날 무렵엔 그곳에서 최고란 소리를 들을 수 있었습니다.

그 뒤 NBA 드래프트에 선발되었고 3년 연속 파이널 MVP로 선정되는 등 최고의 농구 선수로 자리매김할 수 있었습니다. 나중을 기다리지 않았기 때문에 얻어낸 결과였던 것입니다.

너는 반드시 해낼 거야

미국에 대형 슈퍼마켓 체인점을 2천 개나 갖고 있는 부유한 사업가 페니는 파산이나 큰 어려움에도 오뚝이처럼 일어난 것으로 유명합니다.

그는 젊은 시절에 매우 가난했고 교육조차 제대로 받지 못했습니다. 페니 자신은 물론이고 아무도 그가 성공하리라고 생각하지 못했습니다. 하지만 그는 아버지의 유언을 들은 뒤부터 달라졌습니다.

그의 아버지는 세상을 떠나면서 "페니, 너는 반드시 해낼 거야"라는 말을 남겼습니다. 그 말을 듣는 순간 페니는 자신이 하는 일이 뭐든지 간에 반드시 성공할 것이라는 강한 자신감이 생겼다고 합니다.

결국 페니 체인점은 수많은 불가능한 상황과 낙담의 순간을 딛고 태어날 수 있었습니다. 의기소침해질 때면 그는 아버지의 말씀을 떠올렸고 그러면 어떤 어려운 문제라도 돌파할 수 있을 것 같은 이상한 자신감이 생겼다고 말합니다.

한마디의 말은 생사의 갈림길에서 새로운 삶을 선택하게도 합니다.

몇 년 전 작고한 영화 〈슈퍼맨〉의 주인공 크리스토퍼 리브. 그는 승마를 하다 떨어져 중상을 입고 병실에 누웠습니다. 전신마비 판정을 받고 삶의 의욕을 상실한 그는, 고민 끝에 어머니께 부탁했습니다.

"어머니, 제게 남은 건 아무것도 없어요. 그냥 죽게 해주세요."

그리고 아내에게도 "이렇게 사느니 차라리 지금 죽는 게 낫겠어"라며 산소 호흡기를 떼어달라고 했습니다. 그러자 그의 아내가 말했습니다.

"당신은 그저 당신일 뿐이에요. 당신이 하반신을 못 쓰는 불구자든 아니든 당신은 나의 남편이고 아무것도 변한 건 없어요."

이 말에 감명을 받은 크리스토퍼 리브는 생각을 바꿨다고 합니다. 그는 무엇을 하며 남은 인생을 살 것인가 계획을 세웠고, 자신과 같은 척추 불구자를 위해 척추 재생 연구에 헌신할 것을 다짐했습니다. 그리고 모금 운동을 벌여 무려 2억 달러를 모금했습니다.

아내가 해준 말 한마디가 그의 인생을 바꿔놓은 것입니다.

그래도 인생은 계속된다

숱한 화제를 몰고 다녔던 스페인어권 출신의 가수 홀리오 이글레시아스. 그는 60여 장에 달하는 독집 앨범과 6개 국어로 발매된 히트 앨범을 냈고, 1억 2천만 장의 누적 판매고를 올리며 매 30초마다 전세계 라디오 방송국에서 그의 노래가 흘러나올 만큼 세계적인 가수입니다.

그런 그도 처음부터 가수가 되려고 했던 건 아니었습니다. 그는 축구에 재능이 있었습니다. 이미 열아홉 살 때 스페인 축구 선수들이 가장 선호하는 레알 마드리드 팀의 골키퍼로 활약하며 축구 선수로 명성을 얻어가고 있었습니다.

그런 그에게 뜻밖의 운명의 시간이 다가왔습니다. 그는 차량이 전복되는 사고를 당했고 '사고로 인한 하체 부분 내출혈과 그로

인한 척추 압박'이라는 의사의 소견을 받았습니다. 황소처럼 튼튼한 다리로 그라운드를 누비던 훌리오의 두 다리는 완전히 마비가 되고 말았습니다.

"고작 스무 살밖에 안 된 내가, 축구 선수로 승승장구할 수 있는 내가 이렇게 불구가 되다니."

그는 절망과 분노에 빠졌습니다. 그날부터 그의 아버지는 생업을 접은 채 아들 훌리오를 간병하며 끊임없는 격려의 말을 보냈습니다.

이때 그의 아버지가 자주 해주던 말이 "그래도 인생은 계속된다"였습니다. 설사 하반신 마비 환자가 된다 하더라도 적극적으로 인생을 살아가라는 격려였던 것입니다.

아버지는 또 아들의 무료함을 달래주기 위해 기타와 악보를 갖다 놓았습니다. 훌리오는 원래 음치였지만 재활 치료의 고통을 잊기 위해 기타를 독학하고 텔레비전에 나오는 가수를 선생님 삼아 열심히 노래를 따라 불렀습니다.

그렇게 병상 생활이 3년째로 접어들었을 때 훌리오는 TV에서 방송되는 가요 프로그램을 듣고 가수의 음정에 맞추어 기타를 치면서 노래를 따라 부르기 시작할 수 있었습니다.

"아버지, 2년 안에 음악 축제에 참석해서 반드시 노래를 부르겠어요!"

그는 당당히 선언했습니다. 그리고 놀랍게도 사고 5년 만에, 훌리오는 정상적으로 걸을 수 있게 되었습니다. 1968년에는, 스스로 작사, 작곡한 노래를 들고 스페인 음악 페스티벌에 참가해 1등으로 입상했습니다.

그때 그가 부른 노래 제목이 바로 병상에서 아버지가 들려준 말 〈그래도 인생은 계속된다La Vida Sigue Igua〉입니다. 페스티벌 이후 개최된 모든 음악상에 이 곡은 단골 수상곡으로 추천되었고, 동시에 싱글 앨범 발매 이후 단 2주 만에 스페인 최고의 인기 곡이 되었습니다. 마침내 〈그래도 인생은 계속된다〉는 스페인의 국가처럼 사람들의 사랑을 받으며 애창되었습니다.

지금도 톱 가수로 전세계 순회공연을 지속하고 있는 훌리오 이글레시아스. 자칫 불구 청년으로 마감했을지도 모를 그의 인생은 아버지의 끊임없는 격려로 역전에 성공할 수 있었던 것입니다.

힘들고 고통스러운 지금 동료에게, 자녀에게, 친구에게, 그리고 나에게 "그래도 인생은 계속된다"고 격려하고 다독이는 시간이 필요합니다.

생각하라, 그리고 실천하라

필라델피아의 한 벽돌 공장에서 일하는 '존' 이란 이름의 소년이 있었습니다. 존은 열세 살이었지만 집이 너무 가난해 일찍부터 일을 시작해야만 했습니다.

어느 날 존이 일을 마치고 집으로 돌아오는데 갑자기 비가 내렸습니다. 마을의 도로는 포장이 되어 있지 않아서 길은 순식간에 진창이 되어버렸습니다. 사람들은 한 손으로 우산을 받쳐들고 다른 한 손으로는 바지를 걷어올리며 불평하기만 할 뿐, 아무도 길을 고칠 생각은 하지 않았습니다. 존은 생각했습니다.

'비가 올 때마다 이렇게 불편한데 왜 아무도 길을 고치지 않는 걸까? 만약 이 길이 자기 집 앞이라도 이랬을까?'

존은 그 순간 자신이 그 길을 벽돌로 포장해야겠다고 결심했습니다. 다음날부터 존은 얼마 안 되는 자신의 임금에서 일부를 떼어 벽돌 한 장을 샀고 그것을 길에 깔기 시작했습니다. 도로의 너비를 대략 재어보니 이렇게 하루에 한 장씩 벽돌로 포장하려면 2년도 넘게 걸릴 듯했습니다. 하지만 존은 포기하지 않고 하루에 한 장씩 벽돌을 깔았습니다.

그렇게 서른 장의 벽돌을 놓던 날 기적이 일어났습니다. 벽돌이 나란히 놓여 있는 것을 본 한 마을 사람이 존의 이야길 듣게 되었고, 소문은 마을 전체로 퍼져갔습니다. 결국 두 달이 채 안 되었을 때 마을 사람들의 힘으로 도로 전체가 포장되었습니다.

진창길을 아름다운 벽돌길로 만들기 위해 벽돌 한 장을 깔던 그 소년은, 바로 미국의 백화점 왕으로 칭송받으며 미국과 전세계에 YWCA 건물을 무료로 지었던 사업가 '존 워너메이커'입니다.

수만 명의 불평도 이루지 못한 기적을 단 서른 장의 벽돌로 이루어냈던 존 워너메이커가 평생 지녔던 신념, 그것은 '생각하라, 그리고 실천하라'입니다.

마음이 세상을 바꾼다

러시아 출신의 역도 선수 알렉세에프. 광산 기술자 출신인 그는 '인간 기중기'라 불리며 지금까지도 가장 위대한 역도 선수로 꼽힙니다. 그는 슈퍼 헤비급에서 80여 개의 기록을 세웠고, 1970년부터 1977년까지 8년 동안 세계 타이틀을 보유했습니다.

그는 당시 500파운드를 들어올리는 기록을 세우려고 노력하고 있었습니다. 499파운드까지는 들어올렸지만 500파운드를 들어올리는 것은 매번 실패했습니다. 단 1파운드의 무게 차이였지만 극복해내기가 쉽지 않았습니다.

마침내 그의 트레이너가 묘책을 생각해냈습니다. 그는 알렉세에프의 역기에 몰래 501.5파운드를 올려놓고 이렇게 말했습니다.

"일단 499파운드를 다시 한번 들어보고 나서 500파운드에 도전해보자."

놀랍게도 알렉세에프는 501.5파운드짜리 역기를 들어올렸습니다. 그리고 얼마 뒤, 미국 오하이오 주에서 열린 세계 역도 선수권 대회에서도 트레이너는 마찬가지로 알렉세에프에게 그가 올리는 역기가 499파운드라고 말해주었습니다. 알렉세에프는 가뿐하게 역기를 들어올렸고 경기가 끝난 뒤, 그가 들어올린 역기의 무게가 501.5파운드라는 것이 발표되었습니다.

그 다음부터는 더욱 놀라운 일이 생겼습니다. 500파운드 이상을 들어올리는 역도 선수가 무수히 많이 생긴 것입니다. 마치 백미터 달리기의 10초 벽이나 마라톤의 2시간 5분대 벽이 깨진 것과도 유사한 일입니다.

도전 이후, 알렉세에프는 이렇게 말했습니다.

"난 언제나 500파운드는 들 수 없을 거라 말했죠. 하지만 그게 실수였어요. 그 말 때문에 할 수 없었던 겁니다. 난 다시 생각했어요. '내 말과 생각을 바꾼다면 난 얼마든지 해낼 수 있을 거야.' 그리고 결과는 그걸 증명해주었습니다."

장애를 성공의 원동력으로

　미국에 사는 서른네 살의 요리사 그랜트 애커츠. 그는 서른한 살에 자신의 레스토랑을 열었습니다. 2002년도에 '떠오르는 젊은 요리사'로 선정되기도 했던 그는 레스토랑을 개업한 지 얼마 되지 않아 유명세를 타기 시작했습니다.

　서둘러 예약을 하지 않으면 이용하기 힘들 정도였고, 2006년도 엔 미식가들이 선정한 미국 최고의 레스토랑으로 뽑히기도 했습니다.

　애커츠는 자신이 이룬 성공에 일찌감치 만족했습니다. 그러던 어느 날, 그의 혀에 하얀 반점이 나타나기 시작했습니다. 애커츠 는 너무 과로한 탓이라 여기고 심각하게 여기지 않았습니다.

　하지만 시간이 지나면서 통증이 생기기 시작하더니, 나중엔 말하는 것도, 음식을 삼키는 것도 힘들어지기 시작했습니다. 뒤늦게 병원을 찾은 애커츠는 충격적인 얘길 듣게 됩니다.

혀에 암세포가 퍼졌다는 것입니다. 수술을 하든, 방사선 치료를 하든 선택해야 했지만 애커츠는 받아들일 수 없었습니다.

어떤 방법을 택하든 요리사로선 생명과 같은 미각을 잃을 수밖에 없었던 겁니다. 그는 차라리 죽는 게 낫다는 생각이 들기도 했습니다. 하지만 애커츠는 자신의 상황을 다르게 바라봤습니다.

비록 미각이 사라져 음식 맛을 볼 수 없겠지만, 그동안 요리사로서 일한 경험에서 나온, 음식 재료에 대한 각각의 기억을 잃은 건 아니니까 한번 해보자, 하고 말입니다.

그래서 그는 방사선 치료와 화학 치료를 열심히 받으면서도, 한편으론 새로운 메뉴를 개발하는 데 전력을 다했습니다.

그 결과, 그는 '요식업계의 오스카상'으로 불리는 제임스 비어드상에서 '최고의 요리사'로 뽑혔답니다. 비록 미각을 잃었지만, 그것 때문에 더 맛있는 손맛을 키울 수 있게 됐고, 더 열심히 새로운 메뉴를 개발할 수 있었습니다.

또 미각을 잃었기에, 요리를 먹는 손님의 입맛에 더 예민하게 귀 기울일 수 있었던 겁니다. 그는 자신의 성공에 대해 "내게 장애나 약점이 있었기 '때문에' 더 큰 노력을 기울일 수 있었다"고 얘기합니다.

노르웨이 라면왕

올해 일흔한 살인 이철호 씨. 사람들은 그를 '노르웨이 라면 미
스터 리' 또는 '라면왕'이라고 부릅니다. 그가 이렇게 '라면왕'
이 되기까지는 결코 쉽지 않았습니다.

그가 노르웨이와 인연을 맺은 것은 그의 나이 열일곱 살, 미군
부대 하우스 보이로 일할 때였습니다. 6·25 전쟁 중 부상을 당했
는데 군의관을 따라 우연히 노르웨이에 가게 되었던 것입니다.

낯선 이국땅에서 홀로 살게 된 이철호 씨는 가축사료용으로 판
매하는 유통기한이 지난 빵을 사먹으며 힘든 삶을 살아야 했습니
다. 굶어죽지는 않을 거란 생각에 그는 이를 악물고 요리를 배우
기 시작했고, 성공한 요리사로 자리잡게 될 무렵, 다시 한국을 방
문하게 되었습니다. 그는 서울 뒷골목 한 분식집에서 생애 최초

로 라면을 맛보았습니다.

'이렇게 맛있다면 노르웨이에서도 통하겠다'고 생각한 그는 노르웨이에서 라면 사업을 시작했습니다. 그의 나이는 벌써 쉰을 훌쩍 넘은 때였습니다.

그때까지만 해도 노르웨이에서 라면은 낯선 음식이었습니다. 공짜로 줘도 먹지 않을 만큼 사람들은 이상한 음식으로 여겼습니다. 그러나 그는 라면을 알리는 작업을 계속했습니다. '다시는 당신을 보지 않겠다'며 사람들이 귀찮아할 정도로 그는 사람들을 꾸준히 찾아다녔습니다.

솥 닦는 쇠줄이나 길쭉한 걸레 같다며 꺼리던 노르웨이 사람들은, 라면보다 이철호 씨를 먼저 좋아하게 됐습니다. 코믹하면서도 진지한 모습에 호감을 갖게 된 것입니다. 그러자 라면은 저절로 팔렸습니다.

이제 노르웨이에서 라면은 친숙한 음식이 되었습니다. 이철호 씨가 만든 라면은 일본 라면을 제치고 시장 점유율 60퍼센트 이상을 차지하고 있습니다. '자랑스런 한국인'으로 노르웨이에 한국을 알리고, 한국에는 노르웨이를 알리기 위해 두 나라를 오간다는 이철호 씨. 그는 이렇게 말합니다.

"나를 낳아준 곳은 한국이고 나를 길러준 곳은 노르웨이입니다. 두 나라 모두 내겐 고국이죠. 여생을 고국을 위해 바치는 것이 나의 소원입니다."

더 멀리 더 높이 나는 꿈

국제연합과 공동으로 세계 평화에 기여한 공로를 인정받아, 2001년 현역 국제연합 사무총장으로는 처음으로 노벨평화상을 수상했던, 전 유엔 사무총장 코피 아난. 어느 날 그에게 한 기자가 물었습니다.

"가나 출신인 데다 가난한 가정에서 태어난 당신이 어떻게 이렇게 성공할 수 있었다고 생각하십니까?"

그러자 코피 아난이 대답했습니다.

"저는 어렸을 때 조지아 주 애틀란타 야구장에서 신발을 닦는 소년이었습니다. 그날은 마침 야구 감독의 신발을 닦게 되었는데, 감독에게 물었죠. '감독님, 어떻게 해서 야구공은 저렇게 멋진 포물선을 그리며 날아갑니까?' 그러자 감독이 말했습니다.

'애야, 야구공을 봐라. 거기엔 실로 꿰맨 자국이 있단다. 그 상처 자국 때문에 야구공은 더 멀리, 더 높이 날아갈 수 있는 거란다.' 저는 그 감독의 말을 듣고 실로 꿰맨 상처 자국이 공을 멀리 보낸 원동력임을 깨닫게 됐어요. 그래서 제 아픈 상처를 야구공의 실밥에 오버랩시키곤 했던 겁니다."

이 사건 이후 코피 아난은 불우한 환경을 더이상 핸디캡으로 여기지 않았습니다. 코피 아난에게 고난이나 상처는 야구공의 실밥이 되었고 자신은 야구공이 되어 더 멀리 더 높이 날아가게 될 거라는 꿈을 꾸었습니다.

아프리카 가나의 불우한 가정에서 태어나 고달픈 어린 시절을 보냈던 코피 아난. 하지만 그의 상처와 아픔은 성공을 향한 플러스 요인으로 작용했던 것입니다.

세상에서 가장 유망한 직업

일본의 대표적인 자동차 회사 도요타는 1950년 도산 위기에 빠졌습니다. 창업주는 자신의 회사를 이시다 다이조에게 넘겨주었고, 도요타는 극적으로 기사회생할 수 있었습니다.

도요타의 이러한 쇄신은, 창업주 가문과 전문 경영인 간의 파트너십이 세계적인 경쟁력을 만드는 데 얼마나 중요한가를 보여주는 사례로 꼽히곤 합니다.

이시다 다이조는 평범한 사원에서 사장까지 오른 입지전적인 인물이기도 하지만, 매사에 성실한 사람은 아니었습니다.

이시다의 맨 처음 직업은 소학교 교사였습니다. 아이들을 가르치는 일이 조금 편하지 않을까 싶어 시작한 일이었지만, 그에겐 지루하게만 느껴졌고 얼마 못 가 그는 사표를 썼습니다.

이시다는 조금 더 활동적인 일을 해야겠다고 생각하고, 상점에서 일하기 시작했습니다. 손님을 맞이하고 물품을 정리하는 일이었습니다. 그러나 거기서도 사람들은 이시다 다이조를 "근면성이라곤 눈곱만큼도 없는 녀석"이라며 싫어했다고 합니다. 일도 대충대충 하고 지각이나 결근도 잦았기 때문입니다.

결국 상점에서 일한 지 일년 만에 또다시 그만두자, 가족들은 이시다를 걱정했습니다. 저렇게 끈기가 없어서야 어떤 일이든 제대로 할 수가 있을까, 싶었던 것입니다.

이시다는 그 후로도 오랫동안 이 직장, 저 직장을 전전했습니다. 단 며칠 만에 그만둔 곳도 많았고, 그를 채용하려는 회사도 점점 줄어들었습니다.

그러다 그는 자동차 회사에 들어갔습니다. 그런데 자동차 회사에서 근무하면서 그의 근무 태도는 달라지기 시작했습니다. 마치 다른 사람이 된 것처럼 놀라운 집중력과 근면성을 발휘했습니다. 낮에는 공장에서 일하고, 밤이 되면 자동차에 관해 연구를 했습니다.

그런 성실성과 재능을 인정받아, 그는 결국 일본 자동차 왕이라 불리는 도요타 자동차의 사장이 될 수 있었습니다. 이시다 다이조는 젊은 시절의 자신을 회상하며 이렇게 말했습니다.

"사람은 자신이 좋아하는 일을 해야 합니다. 싫은 일은 오래 계속하지 못하는 법이죠."

가장 유망한 직업은 자신이 가장 좋아하는 일이란 말도 있습니

다. 어떤 직업이든 스스로가 유쾌하다면 그것이야말로 세상에서
가장 유망한 직업이 될 수 있을 것입니다.

CBS 음악 FM
93.9 MHz

5부
잘 나가는 직장인 되기

자신이 유용한 인재라는
자신감만큼 사람에게
유익한 것은 없습니다!

성공을 꿈꾸는 리더를 위한 조언

　피터 챈은 1960년대 중반 중국을 떠나 미국의 오리건 포틀랜드로 이민을 갔습니다. 거기서 단층 주택을 하나 샀습니다.

　'원예학의 거장' 이란 피터 챈의 명성에 걸맞게, 그의 집에 있는 정원은 아주 아름다웠습니다. 수백 가지 다양한 종들의 식물들과 갖가지 꽃들, 과실수 등이 심어져 있었고, 그에 어울리는 작은 오솔길도 나 있었습니다. 곳곳에 작은 연못도 만들었습니다.

　모든 것은 피터 챈이 직접 만든 것이었습니다. 어느 날, 친구가 그의 정원을 구경하다가 물었습니다.

　"피터, 너 몹시 바쁠 텐데 이렇게 많은 꽃과 나무를 관리할 시간이 어디서 났니?"

　그러자 피터는 눈살을 찌푸리며 말했습니다.

"꽃과 나무는 관리하는 게 아냐. 잘 돌봐줘서 그들이 갖고 있는 걸 발휘하도록 해주는 거지."

관리자의 역할도 마찬가지일 것입니다. 리더십 전문가들의 연구에 의하면, 실패한 리더의 공통된 특징은 인재를 '관리'하려고만 한다는 것입니다.

대부분 이들은 '시키는 대로 해라' 식의 권위적인 행동을 보이는데, 이런 행동은 직원들의 동기 부여나 몰입을 저하시키고, 결론적으로 인재들을 떠나게 하는 주요 요인이 된다고 합니다. 또 구성원들이 열린 마음으로 대화를 하지 못하고 리더에게 언제나 강요받기 때문에, 늘 주눅이 들어 있고 자신감이 없습니다. 그뿐만 아니라 비판적인 의견을 내놓았을 경우, 질책받을 게 두렵기 때문에 변화와 실행에 둔감해질 수밖에 없다고 합니다.

반면 성공한 리더들의 공통된 특징은, 리더와 구성원 간에 깊은 이해와 배려가 있다는 것입니다. 이를 바탕으로 신바람나게 일할 수 있도록 조직 문화가 형성되어 있어서, 평범한 직원도 인재로 성장하게 되고, 그들 스스로 업무에 대한 동기를 부여해 최대한의 능력을 발휘할 수 있다고 합니다.

올바른 지도자가 필요한 이유

몇 년 전 말레이시아의 쿠알라룸푸르에서 총 11킬로메터에 이르는 크로스컨트리 대회가 열렸습니다. 그런데 경기를 시작한 지두 시간이 지나도록 코스에 선수들이 보이지 않았습니다. 주최측에서는 무언가 중대한 문제가 일어났다고 생각하고, 선수들의 행방을 찾아봤습니다.

그 결과 선수들 모두 결승점에서 9킬로미터나 떨어진 엉뚱한 곳에 있다는 걸 알아냈습니다. 그들 가운데 무려 16킬로미터 이상 달린 선수도 있었습니다. 알고 보니 선두 그룹에 있던 선수가한 지점을 통과하면서 방향을 잘못 잡았기 때문에 발생한 일이었습니다. 그를 뒤따르던 나머지 선수들 모두 아무런 의심 없이 그선수를 따라갔던 것입니다.

리더십 전문가 존 맥스웰은, 한 사람이 평생에 걸쳐 1만 명이 넘는 사람에게 직·간접적으로 영향을 미친다고 말합니다. 평범한 한 사람도 이러하니, 리더의 자리에 오른 사람의 영향력은 훨씬 더 크고 중요할 것입니다.

　리더의 중요성은 히틀러와 처칠을 비교해보면 잘 드러납니다. 히틀러와 처칠은 모두 강한 리더십을 소유한 지도자였습니다. 비전을 제시했고, 많은 추종자를 이끌어냈고, 정치적인 성공과 더불어 카리스마를 갖게 됐습니다. 하지만 히틀러는 매우 부정적인 공격 대상을 주입시켜 적개심을 불러일으키는 방향으로 비전을 삼았고, 처칠의 비전은 문명화된 가치 위에 강력한 대영제국을 건설하는 일이었던 점에서 큰 차이가 있었습니다.

　또 둘의 리더십에 있어서 가장 큰 차이는 바로 책임감입니다. 처칠은 자신에게 불리하게 상황이 돌아갈 때에도 순순히 책임지는 자세를 가졌습니다. 그는 2차 세계대전이 일어나기 전까지 모든 비난을 묵묵히 받아들였습니다. 그에 반해 히틀러는 전세가 불리하게 돌아가자 끊임없이 남의 탓으로 돌렸습니다. 자신의 천재성을 무시하는 장군들과 독일 국민 전체에 책임을 전가했습니다. 그는 또 문서에 직접 서명하거나 지시하는 일도 없었고, 대부분 비서를 통해 처리하면서 어떤 일이 잘못되더라도 그에 대한 책임을 면해보려고 했습니다.

　올바른 리더십을 가진 지도자를 갖는 일이 무엇보다 중요하게 생각되는 대목입니다.

직장 상사를 괴롭히는 부하직원

상사 때문에 부하직원이 힘든 것처럼 부하직원 때문에 괴로운 상사들도 많습니다. 미국 경제전문지 〈인터넷 포춘〉에서는 직장 상사를 괴롭히는 여섯 가지 부하직원 유형을 소개했습니다.

첫째는 한 귀로 듣고 한 귀로 흘리는 직원입니다. 아무리 이야기해도 처음 듣는 사람처럼 뚱하게 반응하는 직원의 모습에 상사는 괴롭다고 합니다.

둘째는 지각하는 직원입니다. 재밌는 사실은 지각한 이유에 대해 직원들의 20퍼센트가 거짓말로 변명하고, 35퍼센트의 직장 상사는 그 이유를 전혀 믿지 않는다고 합니다.

셋째는 일찍 퇴근하는 직원입니다. 그날 지각했더라도 퇴근 시간만큼은 칼같이 지키려는 직원, 퇴근 시간 30분 전부터 시계만

보며 안절부절 못하는 직원들이 직장 상사의 눈에는 얄밉게만 보인다고 합니다.

넷째는 직장 동료와 사이가 안 좋은 직원입니다. 회사 분위기를 좋게 하려고 회식이나 야유회를 수없이 계획해도 물거품이 되어버리고, 목소리 높여가며 티격태격 다투거나 짜증을 내면 일의 효율 또한 떨어지기 때문입니다.

다섯째는 상사의 사랑과 격려만을 원하는 애정결핍중 직원입니다. 화내고 꾸짖는 상사의 모습에 '충격적이야' 라는 반응을 보이며 따뜻한 격려와 사랑만 갈구하는 직원이 상사로서는 너무 부담스럽다고 합니다.

여섯째는 의리도 정도 없이 당장의 이익만 보고 철새처럼 떠나는 직원입니다. 실컷 가르치고 키워놓았더니, 뒤도 안 돌아보고 떠나는 직원이 상사에게는 야속하기만 하다고 합니다.

당신은 여섯 가지 유형 가운데 몇 개에나 속하나요? 이것만큼은 이해할 수 없다, 이런 직장 상사 때문에 내가 더 괴롭다, 하고 할 말이 많은 사람도 있겠지만, 상사든 직원이든 기본적으로 지켜야 할 것들은 크게 다르지 않습니다.

각자의 위치에서 최선을 다하고 서로의 입장에서 이해하려 할 때 딱딱하고 삭막한 직장생활이 조금은 더 푸근해질 수 있을 것입니다.

이기적인 직장인이 되어라

　어느 사회든 마찬가지겠지만 재능과 끼로 무장한 연예계만큼 경쟁이 치열한 집단도 없을 듯합니다. 연예인들의 성공 비결을 보면, 직장이나 사회생활에 적용할 부분들이 상당히 많습니다.

　미국 타임지에서 뽑았던 '세계에서 가장 영향력 있는 100인'으로 뽑히며 월드스타로 자리매김하고 있는 가수 비. 하지만 그는 연예인이 되기 전, 오디션에서 열여덟 번이나 떨어졌습니다. 그러던 그가 가수이자 프로듀서였던 박진영을 만나 오디션을 보게 됩니다.

　당시 그는 벼랑 끝에 서 있는 기분이었다고 합니다. 어머니의 병원비는 밀렸고, 집에 돈은 다 떨어져 차비조차 없었습니다. 여기서 떨어지면 더이상 갈 곳이 없다는 절박감에 그는 한 번도 쉬지 않고 다섯 시간 동안 춤을 췄고, 그렇게 해서 오디션에 합격할 수 있었습니다.

당시 비를 뽑았던 박진영 씨는, 그에게서 실력보다 열정을 발견했다고 합니다. 이것이 아니면 죽을 것처럼 보여서 뽑을 수밖에 없었다는 것입니다.

실제로 많은 면접관들은 실력이나 재능보다는 열정이 느껴지는 신입사원에게 더 높은 점수를 준다고 말합니다.

이러한 정공법에 반하는 이른바 역발상의 성공 요인도 있습니다. 오랜 무명 생활을 거쳐 최근 인기를 얻고 있는 방송인 김구라 씨가 그 경우입니다. 그는 자신의 성공 요인을 '속 시원한 막말'이라고 말합니다.

물론 직장 생활에서 막말은 낙제 요인일 수도 있지만, 그는 "욕먹는 걸 두려워하지 말라" "모든 사람이 다 좋아할 수는 없다"는 역발상을 제시합니다. 평소에 '쉽지 않은 사람'이라는 인식을 줄 정도의 까칠함을 유지하며, 할 말은 하고 살라는 것입니다.

실제로 성공적인 경영인들은 "진정한 프로를 꿈꾼다면 '이기적인 직장인'이 되라"고 조언합니다. 모든 회사 사람들이 자신을 좋아하기를 바라면 안 된다는 것입니다. 타인의 기준이나 시선에 좌우되지 않고, 프로페셔널을 지향하는 사람이 성공적인 직장인이 될 수 있다는 조언도 새겨들을 만합니다.

이직을 고려해야 할 여덟 가지 신호

이 직장을 계속 다녀야 돼 말아야 돼, 하고 고민이 될 때가 있습니다. 정말 안 되겠다 싶어 그만 뒀다가도 '조금 더 참을걸' 하고 후회하기도 하고, 꼭 참고 다녔지만 주위에서는 왜 진작 옮기지 않았느냐는 소리를 듣기도 합니다.

미국의 한 경제 주간지에서는 이직이나 전직을 고려해야 할 여덟 가지 징조를 소개했습니다. 여기에 열거한 문제점 가운데 세 가지 이상이 꼽힌다면, 직장생활을 진지하게 생각해봐야 한다고 합니다.

첫째, '나와 회사의 가치가 다르다.' 직장 동료들이 모두 법적으로나 도덕적으로 건전하지 못한 데 몰두하고 있다는 생각이 드는 경우입니다.

둘째, '직장 상사와 의견 충돌이 많고 서로를 싫어한다.' 상사가 나와 얘기는커녕 밥도 같이 먹으려 들지 않는다면 회사생활이 정말 힘듭니다.

셋째, '출근해도 혼자인 것 같고 동료들과도 잘 어울리지 않는다!' 동료들이 나를 좋아하지 않는다는 느낌이 들면 진지하게 생각해봐야 합니다.

넷째, '자신의 능력을 최대한 활용할 업무가 주어지지 않는다.'

다섯째, '단순 업무나 아무도 맡고 싶어하지 않는 일에 계속 차출된다.' 이 경우는 자신의 직장생활에 경종이 울린 셈이라고 합니다.

여섯째, '동료들은 다 들어가는 회의에서 제외된다.' 이것은 당신의 아이디어가 가치 없다는 의미일 수도 있습니다.

일곱째, '직책에 맞는 공간이 없다.' 이것도 매우 중요합니다. 동료들은 번듯한 공간에서 일하는데 자신은 자꾸 구석으로 내몰린다. 이런 경우는 알아서 나가라는 의미와 다르지 않습니다.

여덟째, '출근하는 것이 두렵고 궤양이 생길 지경이다.' 이미 자신이 견디기 힘든 지경에까지 다다랐다면 더이상의 직장생활은 무의미합니다.

물론 세 가지 이상에 속한다 하더라도, 어렵고 힘든 순간을 극복하고 다시 회사에 잘 적응해나갈 수도 있습니다. 하지만 새로운 시작이 두려워 망설이고 있다면, 그때는 조금 더 용기를 낼 필요도 있습니다.

확실하게 거절하는 다섯 가지 방법

주위에서는 참 착한 사람이라고 합니다. 또 어떤 사람은 우유부단하다고도 합니다. 주위에 사람도 많고 일도 많아, 정작 본인의 일에는 실수가 많기도 합니다.

바로 거절하지 못하는 사람의 특징입니다. 이 사람들은 대개 누가 어떤 일을 부탁해도 거절할 줄을 모릅니다. 오히려 상대가 미안해 할까봐 힘든 내색도 잘 못합니다. 그러니 본인의 마음은 더욱 편할 리 없습니다.

확실하게 거절하는 방법 다섯 가지를 소개해드립니다.

첫째, 자신의 능력을 먼저 생각하는 것입니다. 부탁받는 순간, 승낙하는 모습은 남들이 보기에도 통 크고 시원시원해 보이고, 본인 마음도 편할지 모릅니다. 하지만 남의 일을 해주느라 정작 자신의 일은 제대로 못하는 경우가 많습니다. 부탁을 들어줄 수 있는 시간과 능력이 되는지를 먼저 살펴봐야 합니다.

둘째, 사람에 따라 거절하는 방법을 달리해야 합니다. 부탁하는 사람이 상처를 잘 받거나 소심한 성격일 경우, 거절할 수밖에 없는 상황을 먼저 설명한 후 거절합니다. 하지만 직선적인 사람에게는 애매하게 표현하지 말고 딱 잘라 거절 의사를 전달하는 것이 좋습니다.

셋째, 거절하기로 마음먹었다면 의사를 명확하게 표현합니다. "한번 생각해볼게요" 또는 "글쎄요"라는 식으로 애매모호하게 말하면 오해를 줄 수 있습니다. 단호하게 "아니오"라고 대답해야 합니다.

넷째, 미안한 마음에 휘둘리지 말아야 합니다. 상대의 간곡한 부탁이나 청을 거절하면 누구나 미안하고 마음이 편치 않습니다. 그러나 여건이 안 된다면 빨리 거절하는 것이 상대에게도 본인에게도 훨씬 좋습니다.

다섯째, 자신의 감정에 귀 기울이는 것입니다. '거절했다가 나쁜 사람, 이기적인 사람으로 찍히는 게 아닐까.' 이런 생각으로 남의 눈에 맞추지 말고 자신의 감정에 먼저 귀를 기울입니다. 변했다는 말을 들었다고 해서 위축되지 말고, 그렇다고 흔들려서도 안 됩니다. 좀더 자신의 일에 집중하다 보면 여유가 생깁니다. 그때 보조하는 입장에서 도움을 준다면 관계도 회복될 수 있을 것입니다.

효과적으로 충고하는 법

충고를 한다는 건, 사실 말처럼 쉬운 일이 아닙니다. 정말 좋은 마음으로 그 사람이나 일이 잘 되길 원한다 하더라도 충고를 받아들이는 사람 입장에선, 일단 불편할 수밖에 없기 때문입니다.

하지만 직장이나 가정에서, 크고 작은 충고를 하지 않을 수 없을 때 어떻게 하면 상대의 자존심에 상처 주지 않으면서 진심이 느껴지게 할 수 있을까요?

첫째, 충고는 반드시 비공개적인 자리에서, 개인적으로 해야 합니다. 공개적인 자리에서의 충고는 받아들이는 입장에선 심리적인 불쾌감과 반발심만 불러일으키기 쉽습니다.

둘째, 가능하다면 제안이나 질문형으로 제시하는 것이 좋습니다. 한 가지 대안만을 강요하는 게 아니라, 상대가 선택할 수 있는 몇 가지를 질문형으로 제시해주는 겁니다. 그래야 상대방에게도 기분 좋은 충고가 될 수 있습니다.

셋째, 빈정거리는 말투나, '항상', '절대로' 라는 단어 사용은 피하는 것이 좋습니다. 이런 말은 사람들을 방어적으로 만들기 쉽습니다.

넷째, 한 번에 한 가지씩만 충고해야 합니다. 충고를 하다가 갈등이 생기는 이유 가운데 하나는 주제와 상관없는 옛날 일을 끄집어내거나, 상대는 이미 기억도 못하는 실수를 상기시키기 때문이라고 합니다.

다섯째, 충고는 칭찬으로 시작해야 합니다. 피터 드러커는 충고를 하는 데도 순서가 있다고 했는데, 충고를 할 때는 무작정 처음부터 잘못한 점이나 고쳐야 할 점을 지적하는 것이 아니라 먼저 잘한 점을 인정해 준 다음 잘하려고 노력한 점을 상기시켜 주고, 그 다음 잘못했거나 실패한 점을 지적해주라고 말했습니다.

끝으로 다시 칭찬으로 마무리 해주는 것도 잊지 말아야 합니다.

펜실베니아 대학 교수이자 정신과 박사인 데이빗 번스는 이렇게 말했습니다.

"사람들이 진정으로 원하는 것은 자기 말을 들어주고 자기를 존중해주며 이해해주는 것입니다. 당신이 자신의 입장을 이해한다고 느끼는 순간 그 사람들은 당신의 칭찬뿐 아니라 비판과 질책마저도 긍정적으로 받아들일 수 있는 동기가 부여되는 것입니다."

충고와 칭찬은 항상 함께 하라는 것입니다.

성공적인 설득의 요령

어떻게 설득하냐에 따라서 그것을 받아들이는 사람의 반응은 매우 다릅니다. 어떤 경우에는 내용을 듣는 것만으로도 상대가 불쾌하게 느끼기도 하고, 충분히 부담을 느낄 만한 내용인데도 경우에 따라서 기꺼이 설득당하고 오히려 희생을 감수하고서라도 적극적으로 요구를 수용하기도 합니다.

설득하는 데에는 몇 가지 요령이 있습니다.

첫째, 설득에서 중요한 것은 그것을 말하기 전에 요점을 정리하면서 전달하는 겁니다. "예컨대 딱 세 가지만 말씀드리겠습니다"라고 이야기를 시작하면 상대방은 핵심을 이해하기 쉽고, 교섭은 순조롭게 진행될 수 있습니다.

둘째, 말하는 태도도 중요합니다. 설득력이 있는 사람의 자세는 골프하는 자세와 비슷하다고들 합니다. 하반신은 안정감 있게 고정시키고 이야기에 따라 적절한 손짓을 하는 것이 바로 그것입니다.

셋째, "~하지 않으면 안 된다"라는 부정적 화법보다는 "~할 수 있다"라는 식의 긍정적 화법을 이용하는 것이 낫습니다. 상대가 자신이 한 내용에 대해 반론을 제시했을 때, "그게 아닙니다"라고 하기보다는, 일단 상대의 말을 인정하면서 "그렇습니다. 그렇기 때문에 이렇게 생각해보았는데요"라는 식의 화법이 훨씬 더 설득력을 갖습니다.

넷째, 기억하기 어려운 숫자나 명칭은 정확히 이야기하는 것이 상대방으로 하여금 정보에 대한 신뢰를 갖게 합니다.

다섯째, 상대방을 설득하기 전에 스스로 하는 이야기에 확신을 갖는 것이 기본적으로 필요합니다. 스스로 문제에 대해 공감하고 확신하고 있다면 자연스럽게 자신감이 넘치기 때문입니다.

대화 습관만 바꿔도

말 한마디로 천 냥 빚도 갚을 수 있지만, 잘못된 대화 습관을 갖고 있으면 자신의 업무 능력을 정당하게 평가받지 못하는 것은 물론이고, 이성에게도 오해받기 쉽습니다.

잘못된 대화 습관에는 어떤 것들이 있을까요?

먼저 이성에게 외면당하는 대화 습관입니다. 이미 끝난 일인데 틈만 나면 계속 문제 삼는 태도를 보이거나, 상대의 말을 무엇이든 의심하고 확대 해석하는 대화 습관은 좋지 않습니다.

우유부단해서 자기 의견을 잘 말하지 못하는 것도 잘못된 대화 습관입니다. 남성들은 흔히 배려한다는 생각으로 여성에게 결정을 맡긴다고 생각할 수도 있지만, 여성들은 자기 의견이나 취향을 정확하게 말하지 못하는 남자를 좋아하지 않는다고 합니다.

또 업무 능력 평가에 지장을 주는 대화 습관으로는 이런 것들이 있습니다. 자신의 고생담을 늘어놓거나 진부한 속담이나 격언을 자주 인용하는 것, 도덕적인 설교를 늘어놓거나 근거를 대지 않고 우격다짐으로 자기 의견을 말하는 태도는 융통성이 없거나 어리석다는 인상을 주기 쉽습니다. 상대의 수준을 생각지 않고 무리해서 어려운 단어나 난해한 말을 사용하는 것도 좋지 않습니다.

그리고 자칫 잘못하면 만만하게 보일 수 있는 대화 습관도 있습니다. 다른 사람의 생각을 비판 없이 받아들이는 태도가 바로 그것입니다. 물론 '사람 좋다'고 착각할 수도 있지만, 오히려 '다루기 쉬운 사람'이라는 인상을 주기 쉽습니다.

자신이 당하는 불이익에 초연하는 태도를 보이는 것 또한 좋지 않습니다. 또 지나치게 친절한 태도, 예컨대 무언가를 설명할 때 요점을 말하는 게 아니라 처음부터 자세하게 설명하려 들면 상대방은 오히려 상황 파악이 힘들기 때문에, 그런 사람과는 긴 대화를 나누는 것을 꺼려하게 됩니다.

기회를 잡는 법

중국 산베이의 외지고 낙후된 곳에서 태어난 헤이하이타오는 노래 부르는 것을 매우 좋아했습니다. 그는 성악가가 되고 싶어, 베이징으로 상경했고 열심히 노력한 끝에 꿈에 그리던 베이징 음악대학에 입학할 수 있었습니다.

그러던 어느 날, 세계적인 성악가 파바로티가 베이징을 찾았고, 마침 이 대학을 방문했습니다. 워낙 드문 기회인 만큼 재력을 갖춘 부모들은 자녀들을 파바로티의 공개 레슨에 참가시켰습니다. 레슨이 시작됐고 파바로티는 학생들의 노래를 들었습니다.

바로 그때, 창밖에서 한 학생의 노랫소리가 들려왔습니다. 오페라 〈투란도트〉 가운데 '공주는 잠 못 이루고'라는 노래였습니다. 이 목소리의 주인공은 바로 산베이 산골에서 온 헤이하이타

오였습니다.

그는 자신의 여건으로는 레슨을 받기 힘들었기에 적극적으로 기회를 잡기 위해서 레슨이 열리는 강의실의 창밖에서 노래를 불렀던 것입니다.

그 일을 계기로 파바로티의 인정을 받은 그는 이탈리아 성악대회에 참여할 수 있었고, 후에는 오스트리아 왕립 오페라단의 수석 가수로도 활동하게 되었습니다.

이렇듯 헤이하이타오는 기회를 잡는 데 매우 적극적인 태도를 보였습니다. 성공적으로 기회를 잡기 위해서는 다음과 같은 태도를 가져야 합니다.

첫째, 자신 있게 행동하는 것이 중요합니다. 상황이나 기분에 좌우되는 것이 아니라, 늘 자신 있는 태도를 보이는 것입니다.

둘째, 감성을 높여야 합니다. 예컨대 감사할 줄 알고, 상대의 기분을 잘 파악하는 사람이 상대의 마음도 잘 움직일 수 있습니다.

셋째, 열매는 서둘러 따지 말아야 합니다. 협상을 하거나, 물건을 팔 때 상대가 결심하기도 전에 채근하고 서두르다 보면 오히려 일을 그르치게 되는 경우가 많습니다.

넷째, 신념은 기회를 부릅니다. 스스로 할 수 있다는 강한 신념만 있다면, 모든 사람들이 불가능하다고 할 때도 좋은 기회는 찾아옵니다.

좋은 아이디어를 얻으려면

1940년대 미국의 설탕 제조회사들은 고민이 있었습니다. 각설탕을 배에 실어 수출하는데, 오랜 항해를 하는 동안 습한 공기와 변덕스런 날씨에 각설탕이 곧잘 녹아버리곤 했던 것입니다. 수많은 포장법을 개발해 보기도 하고, 전문가들에게 연구도 의뢰했지만 좋은 결과를 얻을 수 없었습니다.

설탕 회사는 설탕이 녹지 않는 각설탕 포장법을 현상공모하기 시작했습니다. 공모 포스터를 본 한 젊은 선원은 문득 배의 창고를 떠올렸습니다. 배에 물건을 실어 나를 땐, 항상 신선한 공기가 드나들도록 창고 천장이나 벽에 창을 열어두었던 것입니다.

그는 곧 실험에 들어갔습니다. 포장에 구멍을 뚫은 각설탕을 갖고 배에 올랐는데 3개월의 항해가 끝난 뒤에도 각설탕은 하나도 녹지 않고 멀쩡했습니다. 그는 설탕 회사를 찾아갔습니다.

"방법을 찾았어요. 구멍을 뚫으면 됩니다."

선원은 자신만만하게 각설탕을 책상에 올려놨습니다.

그러자 직원은 어이없다는 표정으로 선원을 올려다봤습니다.

"무슨 말입니까? 이건 우리 각설탕 포장 그대론데요."

"모서리에 구멍이 뚫려 있지 않습니까. 이렇게 하면 공기가 통하게 돼서, 설탕은 녹지 않습니다. 제가 3개월 동안 배에 싣고 다녔다니까요."

젊은 선원은 자신만만하게 말했습니다.

이 작은 아이디어의 효과는 대단했습니다. 설탕 제조 회사들은 간단한 이 아이디어로, 큰 손실을 줄일 수 있었습니다. 선원은 이 아이디어 하나로, 현상금은 물론이고 특허권을 신청해 많은 돈을 벌 수 있었다고 합니다.

누구도 생각 못한 좋은 아이디어는 이렇듯 단순하고 일상적인 것에서 발견되곤 하는데, 좋은 아이디어를 얻기 위해선 다음 세 가지를 기억해두면 좋습니다.

첫째, 마음에 담아두세요. 일이 빠른 시일내 해결이 되지 않을 땐 잠시 고민을 멈추고, 그냥 담아두는 것입니다. 생각의 연결고리를 놓치지 않는다면, 곧 해결책이 떠오르기도 합니다.

둘째, 다양한 경험이 중요합니다. 새로운 사람을 만나거나, 책을 읽거나, 여행을 하는 겁니다. 정신적 자극을 받을 수 있는 경험은, 새로운 아이디어로 발전할 가능성이 높습니다.

셋째, 실수를 두려워 마세요. 뛰어난 창조성은 자유로운 생각에서 나오기 때문입니다.

우선 순위를 정하는 법

한 시간관리 전문강사가 테이블 위에 올려놓은 커다란 항아리에 주먹만 한 돌을 넣기 시작했습니다. 항아리에 돌이 가득 차자 그가 물었습니다.

"이 항아리가 가득 찼습니까?"

그러자 학생들이 그렇다고 대답했습니다. 그러자 강사는 이번엔 모래를 부어넣었습니다.

"자, 그렇다면 아까 돌만 넣었던 항아리는 가득 찼던 걸까요?"

그러자 학생들은 아니라고 대답했습니다. 강사는 이번엔 그 항아리에 물을 부어넣었습니다. 그리고 나서 이렇게 물었습니다.

"제가 이걸 통해 무얼 말하려는지 아시겠습니까?"

그러자 한 학생이 대답했습니다.

"아무리 바쁘더라도 틈을 만들면, 얼마든지 새로운 일을 할 수 있다는 거 아닐까요?"

"글쎄요. 그것도 맞겠네요. 하지만 제가 말하려는 건 이겁니다. 만약, 여러분 큰 돌을 먼저 넣지 않는다면 영원히 큰 돌을 넣지 못할 것이다, 라는 거죠."

'삶의 우선순위에 큰 돌을 먼저 넣는 것'은 매우 중요합니다. 우선순위를 어떻게 정하느냐에 따라, 일의 성패는 물론이고 효율적인 시간관리가 이루어질 수 있기 때문입니다.

피터 드러커는 우선순위를 정하려면 다음의 네 가지 기준을 따라야 한다고 말했습니다.

첫째, 과거가 아니라 미래를 판단기준으로 삼아야 합니다.

둘째, 문제보다는 기회에 초점을 맞춰야 합니다. 지금 당장 급한 문제보다는 중요한 기회가 무엇인지 선택하라는 것입니다.

셋째, 인기를 누리고 있는 것에 편승하지 말고 자신의 독자적인 방향을 추구해야 합니다. 주위에서 한다고 무조건 따라가는 게 아니라, 자신만의 방향을 묵묵히 수행하는 것이 중요하다는 것입니다.

마지막으로, 무난하고 달성하기 쉬운 목표가 아니라 뚜렷한 차이를 낼 수 있는 좀더 높은 목표를 설정해야 합니다.

미루는 습관을 극복하는 법

'오늘은 컨디션이 너무 엉망이라서', '바쁜 일이 너무 많아서', '감히 엄두가 안 나서', '상황이 안 좋아서'.

그 당시엔 합당한 이유라 생각하지만, 얼마 지나지 않아 그저 핑계거리 가운데 하나였단 사실을 깨닫게 됩니다. 자꾸 일을 뒤로 미루는 이유는, 객관적인 상황이나 조건 때문만은 아닙니다. 대개 습관을 그렇게 들였기 때문입니다.

자꾸 미루는 습관, 어떻게 극복할 수 있을까요? 자기계발 전문가 브라이언 트레이시는 다음의 여덟 가지 방법을 추천합니다.

첫째, 긴박감을 연출합니다. 그러면 일이 완수될 때까지 집중할 수 있습니다.

둘째, 가치 있는 목표를 설정합니다. 목표가 많을수록, 그리고 정확할수록 훨씬 신속하게 움직일 수 있습니다.

셋째, 목표가 이미 완성된 것처럼 시각화하는 것이 좋습니다. 목표했던 계획이 실현된 모습을 머릿속에 그리면 열망과 결심이 커지게 됩니다.

넷째, 긍정적으로 다짐해야 합니다. 잠재의식에 긴박감을 입력할 때 긍정적인 확인의 힘을 이용하는 게 좋습니다. 이런 긍정적인 다짐은 반복적으로 다짐하는 훈련을 하는 것이 필요합니다.

다섯째, 명확한 마감 시한을 정해야 합니다. 또 마감 시한에 대한 다짐을 다른 사람과 약속하는 것이 좋고, 그럴 경우 혼자만의 다짐보다 훨씬 더 강력한 효과를 발휘할 수 있습니다.

여섯째 변명하지 말아야 합니다. 일을 미루는 사람의 말엔 늘 합리화가 뒤따릅니다. 주어진 일을 특정 시한까지 끝마칠 때까지는 그것을 하지 않을 가능성은 고려하지 않는 태도가 중요합니다.

일곱째, 목표로 하는 일이 완성되면 스스로에게 보상합니다. 또 각 과정의 성취마다 스스로를 격려하는 것이 좋습니다. 스스로에 대한 칭찬과 보상이 반복되다 보면 개인의 습관이 형성됩니다.

마지막으로, 전적으로 책임져야 합니다. 자신만을 바라보고 자신의 능력을 믿어야 합니다. 어떤 장애가 있더라도 반드시 해결해야겠다고 다짐한다면 자꾸 미루고 연기하는 습관은 극복할 수 있을 것입니다.

결정을 잘하는 다섯 가지 방법

우리의 일상은 크고 작은 결정으로 이루어진다고 해도 과언이 아닙니다. 어떤 옷을 입을까, 점심식사는 무엇으로 할까와 같은 일상생활에서의 사소한 결정에서부터 진로나 진학, 결혼이나 구직 등 한 번의 결정이 일생에 큰 영향을 끼치는 것까지 삶은 선택과 결정의 연속입니다. 하지만 어떤 결정은 너무 성급하게 내렸다는 이유로, 또 어떤 것은 결정하지 못하고 고민만 하다가 그만 기회를 놓쳐버려 후회하기도 합니다.

그렇다면 후회 없는 결정을 내리기 위해선 어떻게 하는 것이 좋을까요?

첫째, 자신의 감정을 잘 헤아려야 합니다. 감정이 의사 결정의 적이라고 생각할 수도 있지만, 사실 감정은 결정을 내릴 때 매우 중요한 요건입니다. 대뇌의 감정 부분만 다친 사람들을 조사해보니 이들은 결단력 부족으로 고생하고 있습니다. 무엇을 먹고 입을지에 대한 기본적인 선택에서도 갈팡질팡하는 반응을 보인 것입니다. 그만큼 감정은 선택의 신경생물학에서 매우 중요한 요소입니다. 그러니 감정이 격해질 때는 중요한 결정을 내리지 않는 게 최선의 방법이기도 합니다.

둘째, 선택의 폭을 제한해야 합니다. 같은 초콜릿을 고르더라도 30종 중에서 고르는 것보다 5종의 초콜릿 가운데서 고르는 것이 만족감이 더 크다고 합니다. 너무 많은 대안을 놓고 비교하다 보면 결국 시간만 낭비하고 아무것도 하지 못할 수 있습니다.

셋째, 일부러 반대 의견을 말하는 것도 좋은 결정을 내리는 방법 중 하나입니다. 자신이 내린 선택이 바람직하지 않다는 사실을 일깨워줄 수 있는 반증을 적극적으로 찾아나서는 과정도 필요합니다.

넷째, 충동적이고 엉뚱한 정보에 기대지 말아야 합니다. 예를 들어 어떤 비싼 브랜드의 옷이 할인을 하면 결코 싼 가격이 아닌데도 불구하고 싸다고 생각하며 구매하는 충동을 조심해야 합니다.

끝으로, 다른 사람이 선택하게 하는 것도 좋은 방법입니다. 다른 사람이 나를 위해 뭔가를 선택하는 것보다 직접 선택권을 행사하면 언제나 더 행복할 것이라고 생각하기 쉽습니다. 하지만 때로는 선택권을 포기하는 것이 나을 수 있습니다. 어떤 결정은 국가나 전문가에게 맡기는 게 더 행복할지도 모릅니다.

대통령에게 도끼를 파는 법

세계적으로 뛰어난 세일즈맨을 양성한다는 미국의 부루킹 연구소. 그곳에서는 해마다 졸업생들에게 특별한 과제를 내주는 것으로 유명합니다.

한번은 대통령에게 도끼를 팔라는 새 과제를 내주었습니다. 하지만 학생들은 도전할 생각조차 하질 못했습니다. 대통령을 직접 만나기도 어려운데 다른 것도 아닌 도끼를 팔아야 하는 일에 엄두도 내지 못한 것입니다.

하지만 이 과제를 해낸 딱 한 사람이 있었습니다. 그는 이렇게 말했습니다.

"전 먼저 대통령에게 도끼를 파는 일이 가능하다고 생각했어요. 그리고 방법을 생각했죠. 대통령에게 농장이 있다는 걸 알고 한번 둘러봤어요. 농장에는 말라버린 나무들이 많더군요. 저희 집에는 할아버지께서 쓰시던 오래된 작은 도끼가 있었죠. 그 도끼는 무겁지도, 그렇다고 너무 가볍지도 않아요. 더구나 길을 잘 들여놓아 잡기도 좋고요. 대통령을 만나기 힘들 테니 이런 내용을 담아 편지를 썼죠. '농장의 말라버린 나무를 자르기에 적합한 도끼를 보내줄 테니 15달러를 보내 달라'고요. 그리고 얼마 후 대통령은 내게 돈을 보냈고, 전 도끼를 팔았습니다."

2001년 부시에게 도끼를 판 이 사람은 바로 미국의 대표적인 영업 컨설턴트로 꼽히는 조지 허버트입니다.

기회를 잡는 방법을, 조지 허버트는 이렇듯 행동으로 보여줬습니다. 위기로 생각될 때, 불가능해 보일 때 그것이 가장 좋은 기회가 됩니다. 문제를 해결하기 위해선 정면 돌파할 것을 생각해야 합니다. 그리고 행동으로 옮겨야 합니다. 이때 가장 필요한 것이 바로 자신감입니다.

부루킹 연구소는 조지 허버트에게 시상하면서 그를 이렇게 평가했습니다.

"조지는 다른 사람들이 실현하기 어렵다고 생각하는 일에 자신감을 잃지 않았으며 끝까지 목표를 포기하지 않았다. 문제는 일의 어려움이 아니라 자신감이 없어 할 수 없다고 생각하는 것이다."

자신감을 키우는 다섯 가지 방법

　돈을 주고 살 수도 없고, 누구에게 받을 수도 없는 것, 바로 '자신감'입니다. 카네기는 자신감에 대해 "자신이 유용한 인재라는 자신감만큼 사람에게 유익한 것은 없다"고 말했습니다. 그만큼 자신감은 그 사람을 빛나게 하고 당당하게 만듭니다.

　마틴 루터 킹은 또 이렇게 말했습니다.

　"거리의 청소부라 할지라도, 미켈란젤로가 그림을 그리고 베토벤이 음악을 연주하고 셰익스피어가 시를 쓰듯이 거리를 쓸어야 한다."

　자신감은 자신의 처지나 상황, 환경에 좌우되는 것이 아니라 스스로가 자신에게 부여하는 선물과도 같은 것입니다. 그렇다면 자신감을 키우기 위해선 어떤 노력들이 필요할까요?

먼저, 모임에 가면 항상 앞자리나 중심이 되는 좌석에 앉는 게 좋습니다. 어떤 모임이든 뒷자리부터 차고는 하는 것을 볼 수 있습니다. 다른 사람들의 눈에 띄기 싫어서 그렇겠지만, 자꾸 앞자리에 앉다 보면 스스로 자신감이 붙게 됩니다.

둘째, 대화를 할 때는 상대방의 눈을 똑바로 보는 습관을 갖는 게 중요합니다.

셋째, 평소 걸음 속도보다 25퍼센트 정도 빠르게 걸어보는 것도 좋습니다. 심리학자들에 의하면 평소 동작의 속도를 바꾸면 태도도 그만큼 바뀐다고 합니다. 보통 사람보다 빨리 걷는다는 것은 그만큼 다른 사람에 비해 더 자신 있는 태도로 비춰지기도 하고, 스스로에게도 그렇게 인식될 수 있습니다.

넷째, 먼저 화제를 꺼내 대화를 주도해나가는 것이 좋습니다. 반론을 제기하고 싶을 때에는 '나는 그렇게 생각하지 않는다'라고 당당하게 말하고, 새로운 대화의 주제를 만들어나갑니다.

다섯째, 웃을 때에는 이가 보이도록 크고 담대하게 웃는 것이 좋습니다. 자신감 부족에는 웃음만 한 특효약도 없다고 합니다. 성격이 행동을 만들기도 하지만, 행동이 성격을 만들기도 하는 것입니다.

긍정적으로 트레이닝하기

빅터 프랭클이란 심리학 박사가 쓴 자전적 체험서《죽음의 수용소에서》라는 책을 보면, 그가 어떻게 삶의 의미를 잃지 않고 인간 존엄의 승리를 이끌어냈는지 기술되어 있습니다.

빅터 프랭클은 독일의 나치 수용소에 오랫동안 갇혀 지내야 했습니다. 수없이 많은 사람들이 죽거나 미쳐갔습니다. 빅터 역시 공포와 불안으로 감정을 억제하기 힘들었고, 이러다가는 미치거나 죽을 수밖에 없을 거라는 생각이 들었습니다.

그는 비관적인 생각을 떨쳐내기 위해 한 가지 방법을 고안해냈습니다. 수용소에 있던 그는, '난 지금 깨끗하고 환한 강의실에 연설을 하러 가는 중이야'라고 상상했습니다. 그 생각에 몰입하자 거짓말처럼 얼굴에 미소가 떠올랐습니다.

그는 매일 기쁜 일들을 상상했습니다. 건강하게 살아남아 수용소 밖으로 나갈 수 있을 거라고 상상했고, 그런 스스로의 모습을 떠올리곤 했습니다.

훗날 그는 석방됐고, 그의 정신은 여전히 건강한 상태를 유지하고 있었습니다. 동료 의사들은 그가 지옥 같은 수용소에서 이토록 건강한 정신 상태를 유지했다는 것이 믿기 힘든 일이라고 회고했습니다.

나쁜 조건이나 환경 가운데서도 이렇듯 좋은 이미지를 떠올리는 것은 매우 중요합니다. 야구 선수의 경우 시합 전 '아웃될지도 모른다'는 생각을 하면, 타석에 들어서는 순간 위축되어 정말로 아웃을 당하게 되는 경우가 많다고 합니다. 이럴 땐 '아웃되면 안 돼'라는 부정형보다는 분명한 목적, 그러니까 '좋아, 꼭 치는 거야'라는 식의 긍정형 이미지를 연상하는 것이 중요하다고 합니다.

생활 가운데서도 마찬가지입니다. '시간을 낭비해선 안 돼'가 아니라 '시간을 좀더 값지게 사용하자'로, '성적이 떨어져선 안 돼'가 아니라 '등수를 몇 등까지 올리자'로, '화를 내선 안 돼'가 아니라 '웃으며 대하자'로 바꿔서 생각하는 것입니다.

긍정형으로 또 가능한 구체적으로 이미지 트레이닝을 하다 보면, 행동은 적극적이 되고, 정신은 건강하게 변화해서 긍정적인 삶의 자세를 가꿀 수 있습니다.

열정을 타오르게 하는 방법

"미래를 생각하면 안개 낀 듯 답답하고 불안하지만 무얼 어떻게 해야 할지 모르겠어요. 더 큰 문제는 내가 무얼 좋아하는지 모르겠다는 거죠."

현재 많은 젊은이들이 이런 고민과 무기력 속에 시간을 보내고 있다고 합니다. 아놀드 토인비는 이런 무기력을 극복할 수 있는 유일한 방법은 '열정'이라고 말했습니다. 하지만 문제가 있습니다. 어떻게 열정을 만들어가야 하는지, 왜 열정이 생기지 않는지 모르겠다는 것입니다. 열정을 타오르게 하는 방법, 무엇이 있을까요?

첫째, 배우는 자세를 갖는 겁니다. 무언가 궁금한 것이 나타날 때, 또 호기심이 생기는 것이 있다면 일단 그것에 대해 배워보는 겁니다. '그럴 시간이 어딨어' 혹은 '내 물질과 노력을 쏟아부었다가 실패하거나 손해를 보면 어쩌지' 등의 염려로 미리 외면하면 안 됩니다.

한 예로, 일흔을 바라보는 나이에도 소설가의 꿈을 이루기 위해 대학에 다시 들어간 사람이 있습니다. 다름 아닌 필립 나이트, 나이키 전 회장입니다. 그는 관심을 갖게 하는 분야, 또는 호기심을 불러일으키는 대상에 대해 언제나 열린 마음으로, 또 배우는 자세를 갖는 데 망설임이 없는, 열정적인 사람으로도 유명합니다. 이러한 자세가 그를 성공적인 기업인으로 만든 배경이 되기도 했던 겁니다.

둘째, 자신에게 자극이 될만한 사람들을 만나보는 겁니다. 열정에 빠진 삶을 살아가는 가장 좋은 방법은, 바로 열정을 가진 사람들과 함께 시간을 보내는 겁니다. 자신이 원하는 일을 현재 아주 잘하고 있는 사람, 또는 풍부한 경험을 갖고 있는 사람을 찾아가는 겁니다. 열정만큼 전염성이 강한 것도 없답니다.

셋째, 깊이 파고 들어가보는 겁니다. 잘 알지 못하는 것에 대해 관심이 없고 열정이 생기지 않는 것은 당연한 일입니다. 누군가에게 관심을 갖게 되면 사소한 버릇이나 취미도 궁금해지고, 그렇게 알아가는 과정 가운데 더 깊은 애정을 갖게 되는 것과 마찬가지입니다. 열정을 갖으려는 대상에 대해서, 좀더 깊이 파고들어가고 공부를 하다 보면 열정도 늘어날 겁니다.

열정은 있고 없고 하는 것이 아니라, 이미 자신의 내부에 있는 열정을 발견하느냐, 그렇지 못하느냐의 문제입니다. 하지만 그것 역시 노력이 없다면 발견하기도 힘든 것입니다.

인간이 극복해야 할 여섯 가지 결점

로마의 철학자이자 정치가였던 키케로는 우리 인간이 극복해야 할 여섯 가지 결점을 정리했습니다. 그의 이야기는 현대에도 깊이 새겨둘 만합니다.

그가 이야기하는 인간이 극복해야 할 여섯 가지 결점은 이렇습니다.

첫째, 자신의 이익을 위해서라면 남을 희생시켜도 된다는 생각입니다. 이러한 생각은 하지 말아야 합니다. 자기중심적인 사고에서 벗어나야 합니다. 이기심과 배타심은 단기적으로 내게 이익을 줄지 몰라도 결국 성공할 수 있는 길을 막습니다.

둘째, 변화를 알면서도 변하지 못하고 걱정만 하는 태도입니다. 이는 반드시 극복해야 합니다. 변화는 발전을 위해 반드시 거처야 할 과정입니다. 변화가 없다면 성장도 없습니다. 변화는 자신의 부족함을 인정하는 것이기도 한데, 그것은 성장의 원동력이 됩니다. 그렇기에 끊임없이 배우고 학습하는 일은 죽을 때까지 지속되어야 합니다.

셋째, 무슨 일을 하려고 할 때 '난 절대 할 수 없을 거야'라는 부정적인 생각입니다. 패배주의적인 생각은 하지 말아야 합니다. 긍정적인 생각을 위해 훈련해야 하고, 과거에 얽매이지 말아야 합니다. 과거에 얽매이는 사람들은 자신에게 주어질 밝은 미래마저 잃어버릴 수 있습니다.

넷째, 자신의 나쁜 버릇을 알면서도 고치지 않는 태도입니다. 운명이란 결국 자신의 습관에 의해 결정되는 것이기 때문에, 이 역시 반드시 극복해야 합니다.

다섯째, 자기계발을 게을리 하며 책도 읽지 않고 연구하려 하지 않는 태도입니다. 이런 태도도 반드시 극복해야 합니다. 충분히 배우지 못하면 우린 실패할 수밖에 없습니다. 자기계발에 노력하면 할수록 얻는 게 많아집니다. 그러기 위해서 독서는 가장 기본적인 요건이기도 합니다.

마지막으로 여섯째, 자기의 사고방식이나 행동양식을 남에게 강요하지 말아야 합니다. 교만과 배타성은 반드시 주의해야 합니다. 성공하는 사람들은 대부분 매우 수용적인 태도를 지녔다는 공통점을 가졌다고 합니다. 타인과의 다른 점을 인정하고 인격을 존중하는 태도가 중요합니다.

적극적인 마음을 키우는 다섯 가지 방법

열등감에 젖어 있고 위축되어 있는 사람, 매사에 불안하고 좋은 상황에서도 주춤거리며 회의하는 사람, 이런 사람들은 대개 소극적인 마음이나 태도로 일관합니다. 자신감을 떨어뜨리게 하고 패배감에 젖게 하는 소극적 태도를 버리고 적극적인 마음을 키우기 위해서는 어떻게 하는 것이 좋을까요?

적극적인 마음을 키우는 다섯 가지 방법을 소개합니다.

첫째, 목표를 정해야 합니다. '부자가 되겠다'든지 '공부를 잘하겠다'는 식의 막연한 목표가 아니라, 숫자를 사용한 구체적인 목표를 설정합니다. 경우에 따라서는 마감 시한을 정해놓고, 즉시 해야 할 일과 다음에 해도 괜찮은 일을 분명하게 정해야 합니다.

둘째, 연상 훈련을 하는 것이 좋습니다. 목표를 달성한 사람들에게는 일상생활에서도 연상 훈련법을 도입하고 있다는 공통점이 있습니다. 예를 들어 테니스 선수의 경우, 정확히 공을 맞추는 생각을 자주 하면 그냥 훈련만 한 선수보다 훨씬 좋은 성적을 얻을 수 있다고 합니다. 마찬가지로 자신이 꿈꾸는 장래의 모습, 목표가 이루어졌을 때의 모습을 생생하게 이미지화해보는 것입니다.

셋째, 바로 바로 처리하는 습관을 들입니다. 골치 아프고 지금 당장 하기 싫은 일일수록 그 자리에서 처리하는 습관부터 몸에 익혀야 합니다. 직장에서 메일을 받으면 즉시 처리하고, 해야 할 일들은 마감 시한을 만들어 관리합니다.

넷째, 망설이게 될 때는 일단 해보는 게 좋습니다. 성공 확률이 50퍼센트라서 망설이는 일이 있다면, 이런 일은 바로 행동으로 옮기는 게 낫습니다.

다섯째, 끝까지 포기하지 말아야 합니다. 반드시 해낼 것이다, 라고 결심했다면 끝까지 밀고 나가는 것이 중요합니다. 신념을 갖고 끝까지 일은 포기하지 않는다면 반드시 성공할 수 있습니다.

누구에게나 건너야 할 사하라 사막이 있다

성공학, 리더십, 자기계발에 대한 세계적인 명강사, 브라이언 트레이시. 그는 스무 살 때, 친구들과 함께 2만 7천 킬로미터에 이르는 긴 여행을 떠났습니다. 여행의 마지막 코스인 사하라 사막을 건너려 할 때에는 원주민들조차 "당신은 사하라에서 죽고 말 거에요"라며 극구 말렸습니다. 하지만 트레이시는 포기하지 않았고, 결국 대장정의 목표를 이뤄냈습니다.

거기서 교훈을 얻은 그는 "누구에게나 건너야 할 사하라 사막이 있다"고 말하면서, 다음과 같은 일곱 가지 성공원칙을 말했습니다.

첫째, 어떤 일에서나 성공의 문을 열어주는 가장 중요한 열쇠는 목표를 세우고 그 목표를 향해 첫 걸음을 떼는 것입니다. 그가 처음 2만 7천 킬로미터라는 엄청난 거리를 가야 했던 여행도, 결국 첫 걸음을 떼었기 때문에 가능했습니다.

둘째, 시작했다면 실패할 가능성에 대해선 절대 생각하지 말아야 합니다. 자신에 대한 믿음, 가능성에 대한 긍정적인 생각은 성공 확률과 정확히 정비례한다는 걸 알아야 합니다.

셋째, '한 번에 하나씩'이란 원칙에 충실해야 합니다. 매일, 아니 매순간을 충실하게 산다면 미래는 저절로 열립니다.

넷째, 반대하는 사람을 멀리합니다. 당신은 실패할 것이고, 시간과 돈이 낭비될 것이며, 사하라 사막에서 죽게 될 것이다, 이렇게 말하는 사람들을 경계해야 합니다.

다섯째, 성공의 사다리를 끝까지 오르고 싶다면 어려움과 난관은 아주 당연한 것이고, 반드시 거쳐야 할 절차라고 생각해야 합니다.

여섯째, 목표를 분명히 정해야 합니다. 그리고 그 과정에서 일어나는 변화는 기꺼이 받아들이고 새로운 것을 과감하게 시도합니다. 성공한 사람들의 공통점은 그들이 매우 탄력적이고 융통성이 있는 것이라고 합니다.

끝으로, 누구도 혼자만의 힘으론 성공할 수 없다는 것을 알아야 합니다. 웃음과 사랑과 눈물을 함께 나누는 사람들이 있어야 합니다. 주위 사람들의 따뜻한 도움이 없다면 어떤 도전이든 결코 성공할 수 없습니다.

수줍음을 극복하는 방법

누구를 만나든, 어떤 자리에 있든 자주 수줍어하는 것은 나름 대로의 개성이 되기도 하고, 상대에게 순진하다는 인상을 갖게 하기도 합니다.

하지만 어떤 일을 성사시키고 좀더 원활한 대인관계를 가져야 할 경우엔 수줍음을 많이 느끼는 성격은, 상대는 물론이고 본인 에게도 큰 어려움이 되기도 합니다.

수줍음을 극복할 수 있는 방법 다섯 가지를 소개해드립니다.

첫째, 미리 계획하고 연습해보세요. 어떤 인사로 말문을 열 건 지, 주로 어떤 내용의 이야기를 할 건지를 미리 결정하는 겁니다. 그렇다고 암기할 필요는 없습니다. 스스로 간단한 질문거리를 만 들고 대답하는 연습을 하면서 머릿속에 능숙하게 대화를 이어가는 본인의 모습을 그려보는 겁니다.

둘째, 몸을 움직여보세요. 신체적인 행동을 함께 하는 것은 긴장감을 덜어줍니다. 또한 적절히 손동작을 하면서 이야길 하면 상대방 역시 이야기에 더 잘 집중할 수 있다고 합니다.

셋째, 자신에 대해 너무 민감하게 여기지 말고 다른 사람에게 관심을 가져보세요. 수줍음을 타는 사람은 지나치게 자기 검열이 심한 경우가 많습니다. 그러다 보면 갖가지 염려와 두려움이 생기게 마련입니다. 상대방에 대해 관심을 갖고 작은 칭찬을 먼저 건네 보세요. '옷 색깔이 참 잘 어울리세요', '참 독특하고 예쁜 액세서리를 하셨어요' 등. 먼저 관심을 기울여 상대의 외모에서 대화의 첫 소재를 찾아봅니다. 첫 만남은 본인뿐 아니라 상대방 역시 낯설고 어색하다는 걸 잊지 말아야 합니다.

넷째, 얼굴엔 미소를 지어보세요. 다정다감한 표정은 그 사람의 가장 좋은 명함이 됩니다. 밝은 표정만큼 분위기를 밝게 하는 건 없습니다.

다섯째, 공감대를 형성해보세요. 낯선 여러 사람의 무리 속에 있어야 할 땐, 그 가운데 한두 명에게 집중하여 이야기를 나눕니다. 분위기에 휩쓸리기 보단 이들 몇몇과 공감대를 형성하는 것이 좋습니다.

시련 속에서 기회를 찾아라

영국의 조지 왕은 원로와 신하들과 함께 한 도자기 공장을 방문했습니다. 그 공장 안에 있는 도자들은 하나같이 모두 훌륭했습니다. 관리인의 안내로 구경하던 왕은 한곳에 시선을 멈췄습니다.

거기엔 두 개의 꽃병이 전시되어 있었습니다. 두 개의 꽃병은 같은 원료, 같은 크기, 같은 무늬로 만들어졌지만 하나는 윤기가 흐르고 생동감 있는 예술품이었고, 다른 하나는 투박하고 볼품없는 모양을 하고 있었습니다. 왕이 이유를 묻자, 관리인이 대답했습니다.

"이유는 간단합니다. 하나는 불에 구워진 꽃병이고, 또 하나는 불에 구워지지 않은 꽃병이기 때문이죠. 시련은 인생을 윤기 있게 하고 생동감 있게 하며, 무엇보다 아름답게 한다는 것을 보여주기 위해 특별히 전시해 놓은 겁니다."

대부분 인생에 시련이 닥치면, 왜 나한테만 이런 어려움이 닥치느냐며 투덜대기 쉽습니다. 하지만 이런 시련과 고난, 실패 모두 인생을 윤택하게 만드는 값진 경험이 된다는 걸 생각하면서, 주어진 상황을 자신에게 유리하게 해석하는 자세가 중요합니다.

또 문제와 시련 속에서 기회를 찾아내고 그것에서 배워야 합니다. 이러한 사고방식을 플러스 발상이라 할 수 있는데, 한 통계에 의하면 인간의 70~80%는 대부분 마이너스 발상을 하고 있다고 합니다.

마이너스 발상을 플러스 발상으로 바꾸는 가장 좋은 방법은, 언어습관을 바꾸는 겁니다. 낙관적 심리학의 체계를 세운 마틴 셀리그만 박사는 "인생에서 능력이나 재능보다 더 중요한 변수가 플러스 언어 습관"이라고 말하면서 다음과 같이 강조하고 있습니다.

먼저 자신과의 대화에서 기쁨을 주는 말을 해야 합니다. 농담이라도 자신을 비하하거나 비난하는 말은 멈춰야 합니다. 과거의 실수에 대해 "내가 그렇지, 뭐"라는 등의 표현은 좋지 않습니다.

또한 미래를 희망적인 말로 바꿔 표현하고, 누리고 있는 혜택에 감사하는 표현을 자주 해야 합니다. 플러스 언어로 바꾸면 생각과 행동 모두 바뀔 수 있답니다.

스트레스, 피할 수 없으면 즐겨라

질병의 원인을 알 수 없을 때 등장하는 단골 용어가 있습니다. 바로 스트레스입니다. 그야말로 스트레스는 만병을 촉진하는 원인입니다. 또 누군가는 '스트레스는 공기와 같으니 피할 수 없으면 즐기라'고 말합니다. 하지만 그렇다고 누구나 스트레스를 즐길 수 있는 것도 아닙니다.

그렇다면 스트레스를 줄이는 방법에는 어떤 것들이 있을까요?

첫째, 바쁘다는 핑계로 점심을 걸러서는 안 됩니다. 너무 시간이 없다면 저지방 간식으로라도 배를 채워야 합니다.

둘째, 일이 나를 끌고 다니지 않도록 합니다. 일과 전혀 상관없는 약속을 일주일에 두 가지 정도 만들어보는 것도 좋은 방법입니다.

셋째, 타임아웃을 갖습니다. 한 시간에 5분 정도 먼 곳에 시선을 두고 잠시 생각을 비워보는 것입니다. 이렇게 하면 오히려 일의 효율도 높일 수 있습니다.

넷째, 점심시간에는 밥만 먹을 게 아니라, 옥상에 올라가거나 가까운 공원에 잠시 산책이라도 다니는 시간을 갖습니다.

다섯째, 내가 행복했던 시절이 담긴 사진, 또는 보면 기분 좋아지는 사진을 책상 위에 두고 자주 바라보는 것도 좋습니다.

여섯째, 거절할 수 있는 일은 거절합니다. '죄송합니다', '힘들겠어요'라는 말은 자신 있는 어조로 당당하게 합니다.

일곱째, 도움을 요청하는 것입니다. 프로 정신 운운하면서, 쓰러져도 무대 위에서 쓰러지겠다고 외치는 사람은 정말 일하다 쓰러질 수 있습니다.

마지막으로, 스트레스가 쌓인다고 느껴질 때에는 잠깐 책상을 정리하고 해야 할 일의 리스트를 정리해봅니다. 일이 엉킨 느낌은 스트레스를 배가시킬 수 있습니다.

보약보다 나은 휴식

북미의 한 산간지방에 벌목장이 있었습니다. 벌목꾼들은 하루 종일 수십 수백 그루의 통나무를 베고 있었습니다. 그 가운데 가장 눈에 띄는 젊은 벌목꾼이 있었습니다. 그는 잠시도 쉬지 않고 열심히 일했습니다.

그런데 이상한 점이 있었습니다. 쉬엄쉬엄 일을 하는 벌목꾼들은 벌써 수십 그루도 넘는 통나무를 벴는데, 땀을 뻘뻘 흘리며 일하는 그 젊은이는 고작 다섯 그루도 채 베지 못했던 것입니다.

마침 그 앞을 지나가던 노인이 젊은 벌목꾼에게 다가갔습니다. 노인은 젊은 시절 이 벌목장에서 30년도 넘게 벌목꾼으로 일했던 사람이었습니다.

"젊은이, 톱날이 무뎌진 것 같군요."

그러자 젊은 벌목꾼이 대답했습니다.

"그럴 거예요. 쉬지 않고 톱질을 했으니까요."

"그럼 잠시 쉬며 날을 갈아야지요. 그래야 수월해질 텐데."

그러자 젊은 벌목꾼은 화를 내며 말했습니다.

"지금 제가 남들보다 처져 있는 게 안 보이세요? 그런데 어떻게 한가롭게 쉬면서 톱날을 갈라고 하십니까? 그럴 시간이 없어요. 지금은 톱질하기에도 바쁘다구요."

너무 바빠서, 지금 하는 일을 빨리 끝내야겠다는 생각에, 또 남들보다 앞서가고 싶은 마음에 쉬지 않고 달려가는 사람들이 너무 많은 요즘입니다. 휴식을 취하고 날을 가는 시간을 갖는 것은 꼭 필요합니다.

얼마 전 골프선수 박세리는 취미 생활도 없이 운동만 했던 탓에 오히려 그것이 긴 슬럼프를 겪게 했다고 말하기도 했습니다.

짧은 낮잠이든, 여행이든, 독서나 운동이든 일을 멈추고 잠시 날을 가는 시간은 단순한 휴식이 아니라 재충전의 기회이자, 도약의 기회기도 합니다.

데일 카네기는 이렇게 말했습니다.

"휴식은 우리의 몸을 수리하는 기능을 담당하고 있다. 짧은 시간의 휴식에도 인간의 몸은 놀랄 만한 수리 능력을 발휘한다."

당신의 오늘을 응원하는
아침공감

1판 1쇄 발행 2008년 12월 20일
1판 2쇄 발행 2009년 6월 19일

엮은이 | 〈그대 아침〉 제작진
펴낸이 | 김이금
펴낸곳 | 도서출판 푸르메
편집 | 김정현
마케팅 | 이승수
등록 | 2006년 3월 22일(제318-2006-33호)
주소 | 서울시 마포구 서교동 451-45 303호(우 121-841)
전화 | 02-334-4285~6
팩스 | 02-334-4284
전자우편 | prume88@hanmail.net
종이 | 화인페이퍼
인쇄 · 제본 | 한영문화사

ISBN 978-89-92650-17-5 03810

* 책값은 뒤표지에 표시되어 있습니다.